「また魔蓄植物の採取ですか？」
からこれでいいんだよ」
風使いの成り上がり
Kazetsukai no Nariagari
クラフト・グリーン
（転生前：有馬 誠太郎）
身長 177cm 体重 60kg
優しく優秀だが攻撃ができない落ちこぼれ魔闘士。
マルコム・ミリセント
身長 182cm 体重 73kg
クラフトの相棒で一学年上の先輩。

「北生統に選ばれるなんて流石です、パトリシア様！」
「パトリシア様は英雄候補だもの。それくらい当然よ！」
パトリシア・サンダース
身長 168cm 体重 47kg
何でもこなす才能の塊で、魔力の量も膨大で全ての属性を操れる。

風使いの成り上がり

Kazetsukai no Nariagari

ながワサビ64

illust by 吠L

Contents

プロローグ

かつて、強大な力を持つ三種族の戦争があった。

〝神族〟〝幻獣族〟〝魔族〟

各々が自身の種こそ世界の支配者であると主張し、世界の地形・天候・生態系が大きく変わるほどの戦いが繰り広げられた。

のちに〝三闘戦争〟と呼ばれる一〇〇〇年にも及んだ戦争は、魔王が死に、神族・幻獣族の王が封印されたことで終焉《しゅうえん》となるはずだった。

魔族は魔王こそ失ったものの、竜族が従えていた幻獣たちを支配。それらを従順な魔物へと変え神族の残党を狩り、世界の支配者になると思われた……そこへ〝人族〟が反撃の狼煙《のろし》を上げる。

神族を崇拝せし種族、人族。

彼らは魔族と同等の賢さを持ち、
幻獣族と同等の統率力を持ち、
そして神族からの加護を持っていた。

特に力のあった四人の英雄により魔族は滅ぼされ、世界は人族によって統治されることになる。

歴史が終わり、始まった〝創世紀ゼロ年〟。
その後人族は、世界全土に散らばり繁栄し、国を作る。
中でもオーヘルハイブ王国は英雄輩出の国として、世界の中心となったのだった。

――初代王国図書館長ドロス・マリハイド著〝創世録〟より抜粋

第一章 転生先は落ちこぼれ

体の節々の痛みが目覚ましとなり、まだ薄暗い部屋で体を起こす。

「ん？」

違和感を覚えるのに、そう時間はかからなかった。

俺は昨日仕事から帰り、漫画を読みながらベッドで寝落ちしたはず。しかしどうだ。今いるこの場所はベッドではなく机……そもそも俺の部屋に机なんてないのに、である。

しかし——俺はこの部屋をよく知っている。というか、ここも俺が昨日まで生活していた俺の部屋なのだ。

頭の中に二つの記憶がある。

一つは俺、もう一つはこの部屋の主人の記憶。

「憑依《ひょうい》……ってやつか？」

記憶をたどってみると、俺——有馬誠太郎《アリマセイタロウ》の記憶は当然だがはっきりとある。それとは別に〝クラフト・グリーン〟という人物の記憶も頭の中に混在しているようだった。

クラフトについての全ての事柄が、自分の記憶みたくはっきりと思い出せる——まるで俺自身が、クラフトになってしまったかのようだ。

時は創世紀五〇年。

場所はオーヘルハイブ王国のグリーン家。

クラフト・グリーンは最強の風魔闘士である風帝の子としてこの世に生を受けた齢《よわい》一三歳の男の子で……オーヘルハイブ魔闘士育成学校に通っているらしい。

頭がおかしくなりそう。

「とりあえず、クラフト《この子》の知識を色々引き出してみるか」

口から出た声がもはや自分のものとは大きくかけ離れていた時点で、ある種の確信めいた何かに突き動かされながら、頭の中にあるクラフトの記憶をおさらいしていく。

家族の名前、友人の名前、世界の仕組みｅｔｃ……。


一通りの情報をおさらいした頃には、すでに家族と食事する時刻になっていた。

のんびり食事する気分ではない……が、食事を残そうものならそれこそ面倒くさいことになるのを、クラフト《俺》は知っている。

記憶をおさらいしてまずわかったことが一つ。それは、〝俺はこのクラフト・グリーンの体に憑依し、人格を乗っ取っている〟ということ。

体はほぼ俺が支配していると考えて良さそうだ。

言葉を変えれば、異世界転生か。

クラフトの人格がどこにいるのかはわからない。

記憶を頼りに部屋を出て食堂へと向かう。

クラフト《彼》にとっては見慣れた景色だが、俺にとっては新鮮な景色だった。

屋敷の内装はいかにも貴族然としており、艶のあるダークブラウンの木材を基調とした扉や手すりが続く廊下に緑の絨毯《じゆうたん》が延びている。洋風かつ豪華だ。そして広い階段を下りて右手の扉をくぐれば食堂がある。

十数人規模で座れそうな長机と、真ん中には金の彫刻が彫られた蠟燭《ろうそく》立て。並べられた料理や諸々《もろもろ》も、誰もが想像しやすい中世貴族のソレ。

そこに座る四人の影もまた、彼にとっては見慣れた人たちだ。

「おはようございます」

俺の意識とは別に言葉が出てくる。

日課である挨拶。

当たり前のように誰も反応しない。

家族全員が席に着いたところで、皆は祈りを捧げる形をとり、目を瞑《つむ》る母親が口を開く。

「天にまします我らの神クモスよ――」

この世界の日常風景のようだ。

俺も見よう見まねで祈りを捧げる。

「……では、いただきましょう」

約三分間の祈りの後、母親の言葉を合図に、家族は食事を開始する。

俺もそれに倣い、料理に手を伸ばす。

んまい。抜群にうまい。

さすがは貴族の朝食。腕利きのシェフが作ってるだけあって、毎朝プロテインの俺の食事とは違いバランスが取れている。

食事中、ポツリポツリと会話が始まる。

「魔闘祭まで時間がありませんよ。あなたたちは由緒正しきグリーン家の未来を背負っている……つまり負けは許されません。わかっているわね？　ドロシー、ナイル、ケビン」

上品に口を拭きながら、淡々とした口調で母が言う。

「そこは抜かりなく。ドロシー姉様も、北生統の奴《やつ》らさえどうにかなれば実質敵なしだろ？」

「その北生統が問題なのよ」

上座に座る母の言葉に反応した順で、一つ年上の兄ナイル、二つ年上の姉ドロシーが答える。

双子の弟であるケビンは黙々と朝食をとっている。

「二学年は大した奴いないし、本戦出場枠はまぁ楽勝だろうな」

額にゴーグルを付けているこの少年がナイル。自信家で楽天家。舐《な》められるのが大嫌い。

「はぁ……三学年はなんでこんなに激戦区なの。私、小隊への打診来るかしら」

額に手を当ててため息をつくこの女性がドロシー。

一五歳にして、母の暴力的なプロポーションを色濃く受け継いでいる。

「僕はパトリシア様にも勝つつもりです」

ギラギラしているこの少年はケビン。

グリーン家は代々、優秀な風属性魔法使いを多く輩出してきた名家であり、家族全員の髪色は名前の通り緑色だ。

ナイルが悪戯《いたずら》な笑みを浮かべフォークを向ける。

「英雄候補様に勝つとは言うじゃねえか。でもな、勝算もないのにデカイこと口にしない方がいいぞ」

「本気です」

澄まし顔で答えるケビンを横目で見ながら、ドロシーはクスリと笑って口を開く。

「本当は恥ずかしくて目すら合わせられないのにね」

「ね、姉様ッ！」

顔を真っ赤にするケビン。そして笑いに包まれる食堂。

一見して、会話も弾んでいる良い家族に見える……が、しかし、この空間にクラフトの居場所はない。

挨拶を返さないなどは当たり前で、無視されるだけならマシな方らしい。

彼の記憶が、体が、そう告げる。

チラリと、母と目が合った。

その目はおよそ我が子に向けるものではない。

「貴方は英雄候補の側《そば》で引き続き媚《こび》を売っていなさい。貴方にはそれしか期待していません」

驚くように冷たい声の母が、まるで忌むべき存在を見るように俺を睨《にら》んだ。

食事の音が止まる。

「はい、わかりました」

返す言葉は、元より一つしかなかった。


〝クラフトはグリーン家の汚点である〟


容姿端麗、頭脳明晰《めいせき》、血統書付きの高スペックお坊ちゃんだが、ただ一つ、彼には些細《ささい》な問題があった。

いや、些細では済まされない深刻な問題を抱えている。

「魔闘祭も棄権せざるを得ないしなぁ。何せ攻撃できないもんなぁ？」

ケラケラと嘲笑《あざわら》うナイル。

体が熱くなるのを感じる。

「落ちこぼれ」

目線は料理に向けたまま、ケビンが呟《つぶや》く。

無意識に出そうになった「申し訳ありません」を、無理やり飲み込んだ。

〝クラフトは攻撃ができない〟

それは優しすぎるとか、不器用とかいう次元ではなく、ある種イップスや病気に近い深刻な問題だった。

彼が攻撃できなくなったキッカケというのは思い出せないが、つい一年ほど前の出来事だということは推測できる。

なぜなら、一年前の家族は平等に接してくれていたから。むしろ、知識や才能に恵まれ特に優秀だったクラフトを母は溺愛し、ナイル《兄》とドロシー《姉》は誇りに思い、双子の弟であるケビンは尊敬してくれていたのだから。

彼に何が起きたのかはわからない。ただ、攻撃魔法はもちろん、剣や拳で相手を傷つけようとすれば、たちまち体が硬直して動悸《どうき》が激しくなる。

唯一の救いは、家族がクラフトのこの病に対し様々なことを試して治そうと努力してくれていたことか。しかしその努力の甲斐《かい》なく、クラフトの病は今もなお彼を苦しめている。

そして原因不明の病から一年後の今――彼は周囲の誰からも見限られ、疎まれていた。

前世の俺も、髪色が原因でいじめのようなものは経験したことがある。

こんな環境で弱音も不満も口に出さず、我慢して我慢して我慢して過ごしてきたクラフトの心境を考えるだけで、俺は胸が張り裂けそうなほど痛くなっていた。

記憶を頼りにたどり着いた巨大建造物。

名をオーヘルハイブ魔闘士育成学校という。

広大な敷地に、まるで城のような佇《たたず》まい。

世界を救った英雄の一人が作った学校で、その英雄は現在もこの学校の校長をやっているという。

魔闘士とは、要するに兵士——つまりここは兵士の育成学校ということになる。

教室に着くとまず目につくのが、一人の少女を中心とした人だかり。

誰もが羨む才能の塊。

魔力、身体能力、おまけに美貌。

その全てが枠組みの外に突き出している神童——〝英雄候補〟パトリシア・サンダースである。

神様に、完璧人間にしてくださいと願ったらこんな人間になるのかもしれない。

「おはようございます。パトリシア様」

条件反射的に口から出た挨拶。

取り巻きたちの鋭い視線を受ける俺を、パトリシアは表情一つ変えずに見る。

ちなみに俺は彼女の名前が長いという理由から、心の中でパティという愛称で勝手に呼んで

いる。

「おはよう」

感情の感じられない声が返ってくる。

普段通りの彼女だ。

驚きだが、彼女に挨拶をすることが、クラフトの生きる意味となっている。

〝英雄候補パトリシア・サンダースの腰巾着でい続けることが、クラフトの存在意義である〟

偉大な予言者が未来の英雄となる子供を予言し、その年に生まれた子供の中でも群を抜いて才能に溢《あふ》れていた子供が彼女。

故に、みな彼女のことを英雄候補と呼ぶ。

学校内だけでなく、国内外でも期待されている超が付くほどの天才魔闘士。

攻撃ができず不良品として扱われていた中、その天才と奇跡的に同じ学年・クラスだったクラフトは、パティとグリーン家の関係を繋《つな》ぐパイプ役としてだけ生かされている。

むしろ、それ以外のことは期待されていない。

「クラフト――?　後でお話しよっか?」

自分の机に向かう俺に甘ったるい声がかかる。見ればパティの横を陣取る形で立つ、ツインテールの少女が笑っていた。

クラフトの体が反射的に、ぶるりと震えたのを感じた。


校外にある森の近くで、数人の生徒が俺を取り囲んだ。

その中心に立つのは、ツインテールのあの少女と、ひときわ体格のいい赤髪の男。

彼らはパティの取り巻きたちだ。

「朝の出迎えに来ないってさ、あんた何様なの？　カカシにしかなれない半端者が、一丁前にパトリシアに気を使わせるなんて」

口汚い言葉を浴びせてきたのは、ツインテールことナナハ・ロンデルカート。名家出身のお嬢様だ。

パティの前ではあり得ないくらい猫をかぶっているが、裏の顔は弱いものいじめで自分の自尊心を保つような性格をしている。

もちろん、俺が口に出してパティだなんて呼んだ日には、何を言われるかわかったものではない。

英雄候補パトリシアには現在二〇人を超える取り巻き……いわゆる腰巾着が付いて回る。そしてナナハは腰巾着が増えることに関しては歓迎している。

ただ、彼女は特別な行動を取る者には容赦しない。腰巾着から抜ける者にも、容赦しない――

なぜなら、パトリシアの印象に残ってしまう可能性があるから。

取り巻きが増えるのは、パティの格が上がるから良しとしている。ただ、自分以外は有象無象でなければ納得できない……そう考えているようだ。

朝はそれどころじゃなくて行けなかったが、パティの腰巾着たちは朝の出迎え、休み時間の話し相手、食事場所の確保、帰りの送りなどなど……彼女が求めていないことまで全て恩着せがましく行っているボランティア団体だ。

「カイエン、いつものやってよ」

好奇心に溢れた笑みを浮かべ、ナナハが隣の大男の腕をつつく。男は拳をボキボキと鳴らしながら、悪意に満ちた表情を俺に向けた。

カイエン・フェルグ。

彼もまた名家出身の実力者だ。

そして我が弟《ケビン》と同じく、パティに好意を抱いており、ナナハにも一目置かれる実力者だ。

もっとも、こいつの恋心は歪《いびつ》だが。

「これは喧嘩《けんか》だからよ、抵抗してもいいんだぜ？　できれば、の話だけどな」

クラフトが攻撃できない病にかかっていることはもちろん彼らも知っている。朝方、俺を起こした体の痛みの原因は、彼らによるいじめである。

カイエンは俺の顔の大きさほどある拳を、力いっぱい振り下ろした。

殴り倒された俺に複数の蹴りが入り……そこから先はよく覚えていない。

ボロボロのまま自宅に帰るも、誰が心配してくれるでもなく、さも当然の結果だと言わんばかりの対応をされ、俺はたまらず自室にこもった。

クラフトは毎日毎日、こんな理不尽な生活を強いられてきたのだろうか。

意識のある彼が最後にいた場所は、ベッドではなく机。俺は何となしにその机へと目をやった。

魔法の理論などがビッシリと書き込まれた羊皮紙の山、読み潰されてボロになった魔道書、そして血のシミ。

「確かこれは……」

机の上には新しい一冊の本が置かれていた。

俺が寝てた時に枕にしていた本だ。

中をめくってみると、それはクラフトの日記であることがわかった。

「この方法もダメだった。期待に応えたいのに」「せめて勉強だけは誰よりも努力しよう」「家族との会話がとてもつらい。でも僕のたった一つの居場所だから」「父様に会いたい」「生きていいのだろうか」「マルコムにまた弱音を吐いてしまった。僕は心まで弱くなったのか」「神様。どうか僕の力を返してください」「約束の日が近づいている。これが僕と一緒に消えてくれればいい」「ごめんなさい。よろしくお願いします」


日記ではない。これは彼の叫びだ。

所々が血や涙で滲《にじ》んでいる。

家でなじられ、パトリシアの腰巾着でいることを強要され毎日を過ごしてきたのだろう。

学校では他の取り巻きに煙たがられながらも、暴力を振るわれながらも、彼は懸命に家族からの期待に応えようと耐えてきたのだ。


もういいか、クラフト。

もういいよ、クラフト。


日記にあるように、彼は自分ができる最低限のこととして必死に勉強という努力をしていたようだ。それは書物の山を見れば一目瞭然だし、彼の知識はちゃんと俺の中にも残っている。

勉強している時だけは、誰にも馬鹿にされず自分の世界で生きられるから、彼は勉強が好きだったようだ。

才能こそあれど〝攻撃が全くできない〟欠陥魔法使い――それが周囲からの彼の評価か。

「現実世界《あっち》に帰る方法とか、もうどうでもいいか」

ベッドに横たわり天井を見る。

生きることに絶望していたクラフトの感情が流れてくる。

何度も変わりたいともがき、挫折を繰り返した過去の姿。

挙げ句の果てに俺に体まで奪われ——何げに俺が彼の人生を一番壊した張本人のような気もするが、戻し方なんてわからないからなぁ。

俺にできること。

彼のために何ができる。

「まず、どんな手を使ってでも病気を治す」

それが最初にして最大の難関。

まずはこれを克服し、クラフトを傷つけてきた全ての人間を蹴落とし、俺は彼を〝世界一の魔闘士〟に鍛え上げる。

生きてて良かったと、自分は一つも悪くないんだと思える世界にしてやる。

「……ゆっくり休んどけクラフト。今日から俺が、お前の人生を変えていくから」

第二章 力の鼓動

グリーン家の裏山は非常に広大で、特設施設で修練を積むきょうだいたちにも見つからない、俺にとって非常に都合のいい修業場所だ。

動きやすい服装に着替え、敷地からかなり離れた場所で大きく深呼吸する。

「攻撃できなくてもやれることはある」

反撃ができなくとも、抵抗はできるはず。

すっかり抵抗する力すらなくしたクラフトに代わり、俺がこのクラフト・グリーンの体を守っていかなければならない。

やられるだけなんて許せない。

「といっても、風属性かぁ……」

その辺をくるくる回る木枯らしを眺めながら、この世界における魔法のルールをおさらいしていく。

魔法には、その働きを表す〝系統〟と、その威力を表す〝階級〟と、大きく分けた七種の〝属性〟が存在する。

系統は攻撃、防御、回復、補助などで分けられ、階級は一番弱くて一階級、強ければ一〇階級。そして火、水、風、土、光、闇があり、そのどれにも該当しない特殊の七種類が存在する。

やられっぱなしから脱出するためには、せめて自分を防衛する術《すべ》を学ばなければならないだろう——とはいえ、嫌がらせをしてくる相手との相性が悪すぎる。

ナナハとカイエンは二人共が名家の子供。

他の生徒に比べ、そもそものポテンシャルも高い上に、最も相性が悪いとされる火属性の魔闘士だ。同階級の魔法では、相性の問題でこちらに攻撃が通ってしまう。

その上、身体能力でもカイエンには劣る。

クラフトが諦めるのも無理はない。

そしてグリーン家のきょうだいたちは属性こそ一緒だが、少なくともドロシーやナイルはクラフトよりも格上。弟のケビンも総合的な実力でいえば、反撃ができないクラフトの上を行く。

「こいつらを出し抜くためには……」

単純に、きょうだいたちが扱える階級よりも更に高い魔法で防御する。

ナナハたちの攻撃は、無理に魔法で受けなければいい。

カイエンよりも、早く動ければいい。

できる努力から最初にやっていこうか。

数日経《た》った放課後——俺は再び、地面を転がっていた。

「飽きずによくやるな……くそ」

血が滲んだ手。濁った目で空を見上げながら、ひんやりとした地面を握りしめる。

未《いま》だ目立った成果を上げられないまま、今日も今日とて地面に仰向けになっている。

凝り固まった筋肉は、入念なストレッチ後に山を駆け回っているお陰でほぐれている──とはいえ、未だカイエンの拳は避《よ》けられず、一撃のもと殴り飛ばされておしまい。

「もっと動きが複雑な何かを……」

ベロッ。

額にざらついた何かが触れる。

チリリンと、鈴の音が聞こえる。

「どうした。なんでこんな所に？」

顔だけ倒してそちらを見ると、そこには生後間もない猫らしき動物が尻尾を揺らしている。

黒の体毛に覆われたその頭を手で撫《な》でると、さらさらした毛並みが伝わってくる。

首には赤の首輪と、鈴が付いていた。

まさか魔物じゃないだろうな……いや、こんな無害そうな顔の生物が魔物なはずない。

「お前、誰かのペットか？」

俺の言葉が理解できてるのかいないのか、その黒猫は嬉《うれ》しそうに鳴いた後、ちらりと後ろを振り返った。

鈴の音が鳴る。

そこには誰もおらず、黒猫は不思議そうに首を傾《かし》げている。

「悪いけど今は遊べないんだよ。ご主人様のとこへ帰りな」

校舎にもたれかかりながら起きる俺を見て、嬉しそうに擦り寄る猫。

何かから向けられる、無条件の好意。

久しく忘れていた感情。

頬を伝った熱い何かを触る。

「そうか。つらいよな、クラフト」

それが涙だと気づくと同時に、遅れて込み上げてきた怒りの感情が俺の体を熱くしていった。


すでに授業は始まっており、担任の女教師の凜《りん》とした声が廊下に響いている。

俺は教室の後ろの扉からそろりそろりと中へ入る。

真っ先に気配に気づいた先生と目が合う。

「……各属性の神様へと魔力を捧げることで魔法を行使できる——」

先生は遅れてきた俺に注意することもなく、コンマ数秒の沈黙の後、変わらぬ様子で黒板へと視線を戻した。

「——となるわけだ……」

俺は静かに席に着く。

先生も気づかない、か。

殴られた頬をさすりながら、何の傷も付いていないことを確認し、ため息をついた。

『ナナハ。いつもの頼む』

『わかってるわよ』

リンチの後は、ナナハによる回復魔法によって俺の傷はなかったことにされる。

即効性の治癒効果はないが、数分で小さな傷まで完治させる癒しの魔法。これのお陰で、俺が校舎裏で殴られている事実を知る者は少ない。

黒板に目を移す。

今やってる授業は〝属性神と詠唱の関係性〟で、残念ながら一年のこの時期に高い階級の防御魔法など授業で教わることができない。

俺は二度目のため息をつき、視線を机に落とすと――

「ん？」

机に文字が並んでいる。

『何かあったのか？』

それは彫刻刀で彫られた物理的なものではなく、魔法によるものだった。

俺の机上へピンポイントに文字を描く空間把握力と、繊細な魔力コントロールの両方が求められる。

誰だ？　――と、辺りを見渡してみると、

「故に、我ら魔闘士が磨かねばならない重要な……」

先生と、再び目が合った。

間違いない。彼女がコレを書いた。

もちろん俺は返答する術を知らない。

俺と目が合うと、先生は何かを悟ったように一瞬目を細め、黒板へと視線を向けた。

そして授業後――階段を下りていく先生を見つけた。

「やはり、ただの遅刻じゃないんだな」

全てを見透かしたような強い口調。

我がクラスの担任〝アンジュ先生〟に心配されたことは、覚えている限りこれが五度目。

「以前私が深く詮索しようとした時に、お前は本気で拒んだな。今も同じ気持ちなのか？」

強い口調だが、どこか悲しげな声で言うアンジュ先生。しかし、俺はクラフトの気持ちを尊重し、俯《うつむ》き、黙ってることしかできなかった。

「正直お前のことはパトリシアと同じくらいに気をかけている。期待や責務を背負うには、二人とも未熟すぎるからな」

全てを見透かしたような視線が刺さる。

『全てを抱え込まなくてもいい』

『お前を庇《かば》って学校を辞めることになっても私は一向に構わないよ』

『頼ってくれ。私は担任なんだから』

過去、彼女がクラフトにかけてくれていた言葉が蘇《よみがえ》る。

先生はクラフトの数少ない味方だ。それ故に、クラフトは彼女に迷惑が生じるのをわかっていたから頼れなかったようだ。

どこまで自己犠牲の精神だよクラフト。

もう心も体も限界だったくせに。

この人を頼るべきじゃないのか。

『────!!』

『────!?』

ズキン！　と、こめかみに痛みが走る。

その時の記憶が蘇る。

クラフトは何も好きで一人でいるわけじゃない。頼りたくないのではなく、頼れないんだ。

なぜなら以前クラフトが頼った人は……

しばらく押し黙っていた俺は、

「大丈夫です」

自然な笑顔でそう答えた。

優しい心を持つクラフトだからこその答え。

その後、自分がつらい思いをしたとしても、それ以上に、他人への飛び火が我慢できない彼の精いっぱいの強がり。

俺はそんな彼の強い意志に背けなかった。

「……そうか」

どこか寂しそうな表情で、アンジュ先生は答えた。

「すまない。余計な気遣いだったようだな。じゃあ、私は行くからな」

と、階段を下りていく先生の後ろ姿を見て、胸がぎゅっと締め付けられる感覚を覚えた。


そして放課後、グリーン家の裏山。

「お前、どうやって付いてきたんだ？」

通じるはずのない言葉を、足元で寝転がる黒猫にぶつける。

教室はもちろん、帰り道でも見かけなかったのに、まるで幽霊のように、気づいたら足元に来ていたこの黒猫。

誰かの飼い猫だと思うが……参ったな、ここまで付いてきたのか。

「悪いな。お前に構ってる暇はないんだよ。ここは魔物が出ないから危険はないだろうけどさ」

猫をひとしきり撫でた後、いつものように山道を走り出す。

凸凹《でこぼこ》道も慣れてきたし、体力も徐々に付いてきたが――

「うおおおッ！」

握った拳を木に繰り出す刹那、

『　　』

「ッく……」

瞬間──当たる前に止まってしまう拳、目眩《めまい》、息切れ、吐き気。

「なんで、どんな理屈なんだよ、これ、」

攻撃──何かを傷つけることに対する極度のトラウマのような何かが襲う。

クラフトが欠陥品と呼ばれるようになった原因。心の奥底で暗示をかけられているような、抗《あらが》えない何かが邪魔をする。

「意味ないのか？」

いくら体力を付けても、所詮は倒れるまで打ちのめされる回数が増えるだけでしかない。

無駄な努力と考えたくはない。心の支えがポッキリ折れたら、それこそ廃人になってしまうから。

「いッつ、」

何かが頬を掠《かす》める。

薄皮一枚、切られている。血が流れる。

風で木の枝でも飛んできたか？

それとも魔物の類か──いや。

俺を襲ったソレは、よく目を凝らすと見える。暗闇の中、黄色い二つの光が木々を飛び移りながら、再び俺の元へと飛んでくる。

今度はそれを受け止めた。

鈴の音が鳴る。

「なんだ、お前か」

黒猫だった。

俺に抱かれ満足したような顔を見せる黒猫だが、次の瞬間には俺の手から抜け出し、再び夜の森に溶けてゆく。

なんだ、あいつ。

「っと、なんだよ！」

再びの強襲。目を凝らし、避ける。

遊んでほしいのか？　俺にそんな暇は、

「いや、もしかしてあいつ……」

黒猫の姿はない。

すでに夜の闇に溶け込んでいる。

葉の擦れる音に耳を澄ませば、木々を飛び移る規則的な音が聞こえてくる。

俺は丸太を抱え、その場を駆けた。

鈴の音が聞こえる。二時の方向から。

目の前を横切る黄色の光。

咄嗟《とっさ》に屈《かが》むと、頭上を黒猫が通過した。

「はッ、はッ、はッ……！」

丸太を持って駆けるだけでも酷《ひど》くつらい山道。俺の特訓メニューに、黒猫を避け続けるという項目が加わる。

目と耳で気配を感じながら、姿勢を変えて強襲を避けつつ、足元にも気をつけながら走る――普段の数倍はキツイ。黒猫の予測不能な動きに気を取られ、木の根に足を取られそうになることもしばしば。

「あッ！　つぅ……！」

転倒、からの脇腹強打。

痛みに悶《もだ》える俺の横に、黒猫が下りてくる。

やはりそうだ。こいつ、俺の修業の意味を理解して手助けしてる。

「お前、なんなんだ」

俺の呟きに黒猫は、にゃあんと答えるばかりだった。


――グリーン家専用訓練所。

学校に負けず劣らずの設備を完備しているこの訓練所は、巨大な屋敷の裏に存在している。

グリーン家の者であれば誰でも使用することができるし、魔法の練習をするにはここが一番効率的かつ理想的だ。

俺がここに行く理由は、もちろん自分の鍛錬ではなく、きょうだいたちの〝的当て〟用として。

「先に当てた方が訓練所の優先使用権利を得られるってのはどうだ？」

「いいですね。勝つのは僕ですが」

訓練所の中、少し離れた位置に、兄と弟が立っている。

ナイルは腕を組んで余裕の表情。ケビンは両手を下げてリラックスしている様子だが、二人共が暴力的なまでの魔力を纏《まと》い、練っている。

「最低ね。あの子を的にしても自分たちが強くなれるわけじゃあるまいし」

入り口付近にもたれかかっていたドロシーは呆《あき》れたようにそう吐き捨てながら、一つ伸びをして屋敷の方へと消えていった。

この二人、カイエンたちより明らかな格上。

更に風属性魔法は全属性最速を誇る。

彼らの魔法は見てから避けては間に合わない。防御魔法も織り交ぜなければ……

「『我、風を司りしクモスの子……』」

「『我、風を司りしクモスの子……』」

同時に詠唱が始まり、二人の持つ魔力がまるで竜巻のように渦を巻く。

訓練所内には既存の的当てカカシが無数に点在しており、その物陰に隠れれば簡単に当てることはできない。

一番近くの的に体を隠し、ゆっくり下がる。そして次の的の陰に体を隠し、それを繰り返す。

完成した二人の魔法が的を射貫いていくが、そこに俺の姿はない。

「隠れてんじゃねえよ!!」

酷く楽しそうな声色で吼《ほ》えるナイルは、風の鎌を生成し大きく横薙《な》ぎする――と、俺の前方に存在していたカカシが全て切り裂かれた。

立ち込める砂埃《すなぼこり》に紛れ隣のカカシに駆ける瞬間――高速の魔力の気配に体を捩《よじ》って避けながら地面を転がると、砂煙を貫きながら、俺のいた場所を風の矢が通過する。

黒猫より数段早い。

けど、動きは黒猫の方がトリッキーだ。

「……ちょこまかと、飽きたな」

ナイルがゴーグルを外しながら、今日一番の魔力を放出する。

風魔闘士一の血統を受け継ぐ者の魔力。

訓練所が震え、軋《きし》むほどの圧力。

「『我、風を司りしクモスの子……』」

荒れ狂う風が彼の元へと集う。

肌でわかる。四階級クラスの魔法が来る。

もはやカカシの後ろはおろか、この訓練所のどこにも安全な場所は存在しない。

「『我、風を司りしクモスの子。彼を包む大いなる風よ、翡翠《ひすい》色の繭《まゆ》となれ――』」

咄嗟に俺は、考えつく限り最も早く展開できる防御魔法を組み立てた。

「『トワイライト・ルーラー』」

「『シェル・ウィンラ』」

緑の防御膜に包まれたと同時に巻き起こるのは、膨大な数の武器をかたどった、風の刃《やいば》の竜巻。

訓練所の内装をもズタズタに切り裂きながら進むその暴風は、設置してあるカカシを難なく薙ぎ倒し切り裂き細切れにし、瞬く間にその場を更地へと変えてゆく。

「ぐうううううう!!」

遮蔽物が何もなくなった訓練所で、暴風の中、緑の繭が必死に耐える。時折食い破られる繭を即座に修復し、常に魔力を供給し維持する――しかし、こちらが二階級の防御魔法なのに対し、相手は四階級。威力の差は歴然だった。

あっという間に切り裂かれた緑の繭は霧散し、無防備となった俺の体に剣が、槍《やり》が、斧《おの》が突き刺さり、切り飛ばしてゆく。

ミキサーの中に入れられているような感覚。浮き上がる体は多方向からの攻撃によりボロ切れになっていき、攻撃がやむ頃には、四肢のうち辛《かろ》うじて繋がっている右手だけが残っていた。

傷は元に戻る。しかし痛みはある。

薄れゆく意識の中、ナイルとケビンの会話が聞こえてくる。

「やりすぎたな。まあ訓練所の中での怪我《けが》は魔力体――心配――ということでこの勝負――」

「最低でもこのくらいの魔法はしっかり防御し――やはりこいつが僕の兄――」

クラフトごめんな。

もうちょっとだけ待っててくれ。

お父さん、どこにいるの。
お父さん、帰ってきてよ。
お母さんはここにいてって言ったけど、
もう外出てもいいのかな。
シワネーたち、全然遊びに来ないな。
英雄ごっこするって約束したのに。

おしっこいきたい。
外出てもいいよね。
お漏らししたら怒られちゃう。

「＃＃。％％!!! だめえええぇ！」

お母さん、そこにいたの？
お母さん、おしっこいきたい。

その人たちは誰？

「おい、こいつも連れていくぞ」
「了解」

どこに？ 遊んでくれるの？
皆もそこにいるのかな。

お母さんが動かない。

お腹から赤いの、なに？

村はどこ？

お父さんどこ？


打ちどころが悪かったのか、昨日、気絶中に見た妙な夢を思い出す。

倒壊した家々と、赤に染まった大地。

大人は殺され、子供は集められていた。

夢にしてはリアルすぎる惨劇。

クラフトの幼少期の記憶だろうか？

けれどクラフトの母は健在だ。

「――このことから、攻撃魔法・防御魔法・補助魔法・回復魔法の四つの系統を等しく使え、かつ武器戦闘術を使えて初めて一人前の魔闘士と言えます」

「ロンデルカート、正解だ」

「ありがとうございまーす」

甘ったるいナナハの声を聞き流しながら、ぼんやりと、アンジュ先生の授業を受ける。

カイエンたちのリンチはともかく、ナイルたちの遊びは真っ向から受けても勝ち目がない。

左肩を撫でる。

昨日切り飛ばされたそこには、傷一つない左手がある。両足もまた然り。

「今回は地味に思われがちだが、生存率に繋がる非常に重要な防御魔法と補助魔法について――」

やはり一人で鍛えるのは無謀なのか？　そもそも俺のやっている方法が本当に強くなるための近道になっているのか、自信がなくなってきた。

連日連夜ボロ切れにされ、涙を堪《こら》える日々。いたずらにクラフトの体を酷使させているだけで、本当は何も変われてないいんじゃないか？　俺の存在に、意味はあるのか？

両手のひらで目をぐりぐりと押し付ける。

今日は休んでしまおうか。

「今日教える魔法は『フェザー・ステップ』と『ダイナウト』の二つ。まずフェザー・ステップは風属性の補助魔法。運動するためのエネルギーを魔力に置き換え、自身の体を魔法に見立てて操る魔法だ」

アンジュ先生の凛とした声が入ってくる。

風属性の補助魔法――？

咄嗟に顔を上げ黒板を見ると、そこには風属性補助魔法のフェザー・ステップと風属性防御魔法のダイナウトの魔法理論と応用が事細かく書かれていた。

フェザー・ステップを用いれば、身体能力の限界値以上のパフォーマンスが期待できる。それに、この防御魔法も……

俺は黒板に書かれた魔法理論を、優秀なクラフトの脳みそに詰め込んだ。

俺の視線に気づいたアンジュ先生が、一瞬だけ微笑《ほほえ》んだのが見えた。

「先生。なんで風属性限定の魔法をわざわざ？　せめて一番生徒数の多い火属性か水属性の魔法を例に挙げてください」

俺の前に座る生徒がやや不服そうにそう発言すると、アンジュ先生は表情を変えぬまま、くるりと黒板に目をやった。

「すまない。昨日読んでいた本に書かれていたからついな。なら次は――」

黒板の文字を消しながら、別の属性の魔法を解説していくアンジュ先生。

俺が意地を張ったから、あの人はこんな形で協力してくれたんだ。

応えたい。彼女の気持ちに。

先ほどの理論を俺なりの考察も含めて羊皮紙に書き込みながら、俺は特訓のできる放課後までの時間を待った。

まさに羽根《フェザー・ステップ》のように軽やか。

「はは……疲れ知らずだ」

両手に身の丈以上の丸太を抱えて走っても、飛びかかる黒猫の攻撃を避けても、木の根に足を取られることもなく動けている。

山の走り方は身に染み付いている。ネックだった疲労やスタミナの問題も、これさえあればだいぶ軽減できるようになった。

頭の先からつま先の動きまでを意識し、そこに均等に魔力を流し続けなければならないのは、相当な集中力を要するが——幸い、クラフトは優秀だ。小一時間の慣らし運転でほぼマスターできている実感がある。

それに俺は地球人であるから、魔力という地球上に存在しないものを意識的に認識できる。体を巡る魔力を意識し続けられる。

血の流れを知覚できるかのようだ。

「ふッ！　よッ！」

ここからは新設した難所だ。

軋む音と共に振り子のように襲いくる吊《つ》られた丸太を避けながら、足を取られやすい蔦《つた》のトラップも飛び越えてゆく。

軽い、そして速い——

普段は数時間かかっていた山道のトレーニングコースを、ほんの一時間で踏破した。

「はっ、はっ、はっ……」

息を整えながら、振り返る。

未だ太陽が見える。単純に、運動量を三倍にも四倍にも増やせる時間的な余裕が生まれていた。

これで更にフェザー・ステップの熟練度が上がれば……そして更にクラフト自身の身体能力が上がれば……！

強く拳を握り、俺は今来た道を同じ速度で走り抜け——場所は戻って山道のスタート地点。

続いてもう一つの魔法、ダイナウトを試す時間だ。

クラフトは多くの魔法を知る勉強熱心な子だが、フェザー・ステップもダイナウトも初めて知る魔法だった。となれば少なくとも、一年生の教科書に載ってる一階級や二階級の魔法ではないのだろう。

もちろんそれは、一年のこの時期に教える魔法ではない。

改めて、アンジュ先生は俺のためだけにあの場で二つの魔法を教えてくれたのだと理解できる。

「お礼、言わなきゃな」

足元でじゃれつく黒猫の頭を撫でながら、俺はもう一つの魔法、ダイナウトに着手する。

ダイナウトは昨晩俺が使ったシェル・ウィンラと同系統のドーム型防御魔法だが、アンジュ先生の説明曰《いわ》く、これは『受ける』のではなく『受け流す』魔法であるらしい。

シェル・ウィンラの風の流れが無回転なのに対し、こちらは自在に操作できる乱回転型の魔法。敵の攻撃着弾点を予想し正しく受け流せれば上位の等級魔法でも受け流せるらしい。

ともかくやってみるか。

「『我、風を司りしクモスの……』」

ちょっと待った。

詠唱を一旦止め、浮かんだ疑問に向き合う。

「……」

夕焼けの空に一陣の風が吹く。

その風を手のひらの上に集めるイメージ。

自分の魔力を風に混ぜ、集めるイメージ。

「なんだ」

俺の手のひらの上に、つむじ風が生まれていた。

できるじゃん。詠唱なくても。

以前授業の中で名前が出た、各属性の神。

彼らにお願いをすることで我々は魔法が使えるらしいが——自然の力を借りて魔法が生み出せるなら、そもそも彼らを仲介する意味があるのだろうか。

「『我、風を司りしクモスの子。彼を包む大いなる風よ、翡翠色の繭となれ——』」

詠唱しつつ、自分の魔力の行く先を見る。

フェザー・ステップの時みたく、俺は地球人であるからこそ、魔力という地球上に存在しないものを意識的に認識できる。

「『シェル・ウィンラ』」

俺の魔力は遥か上空へと上った後霧散し、周囲の魔力が緑色の繭となり、その場を滞留するようにシェル・ウィンラを形成した。

対価として払った魔力とは別の場所から魔法が形成されている。その上、かなりピンハネされてることに気づく。

次だ――

俺は先ほどのシェル・ウィンラの特徴を捉え魔力を流し、周囲を吹き抜ける風と混ぜて、模した魔法を作り出す。

紛れもなく、シェル・ウィンラ。

先ほどは一〇〇込めた魔力の八五くらいしか魔法に反映されてなかったのに、これだと一〇〇のままの魔力が反映されている。

産地直送スタイル。

この世界の人は、どこにいるかもわからない存在に、魔力という対価を払うことによって魔法を貸してもらっていると考えているようだ。

皆、神の存在を信じて疑わないのか。

「いいよな？　クラフト」

空を見上げ、彼に問う。

「お前を救ってくれない神なんて、俺は信じられない。魔力なんてあげられない」

毎日悩み、もがきながら人生に絶望していたクラフトを、それでも救ってくれなかった神に祈る必要はない。

シェル・ウィンラを形作る風を今度はダイナウトの形に変形させてゆく。

単純なことで、風の流れを変更するだけだ。

そうすればもう――

「詠唱は無意味だ」

俺の周りにはアンジュ先生の理論通りに魔力構築された、ダイナウトが完成していた。


無神理論魔法に目覚めてから数日経った。

あの日から毎日の山走りに加え、全ての魔法を自分なりに再現する特訓を続けており、ダイナウトはもちろん、今ではフェザー・ステップも詠唱を必要としていない。

クラフトの記憶では、この世界の人は神族をそれこそ神以上に崇拝し存在を信じて疑わないため、神を介さず魔法を行使する俺の理論は試すのも非人道的だと非難されかねないな。

そして防御・補助・回復関係なく、全ての魔法は魔力のコントロールで再現できるため、それさえ鍛えてしまえば、どんな魔法でも魔力がある限り〝イメージ〟で行使できる。

魔力を増やせれば、最大階級である一〇階級魔法の再現ですら夢ではないだろう。

「――により、ロイド族は人族との協定を破棄し、人族から受けた恩情をも……」

歴史の授業が進んでゆく。

俺は適当に教科書をめくり、神についての記述で目を留める。

『魔闘士は自身の属性を司る神に、詠唱を通して祈りを捧げる。そして神を通さず使う魔法は禁忌とされており、禁忌を犯した者は神のいる死者の世界に旅立てない』

読み終わると同時に、ため息が漏れた。

クラフトは死者の世界に旅立てない――無神論者の俺にはとても信じられない記述だが、この世界ではこれが常識なんだろう。

記憶の端に留《とど》めておこう。

鈴の音が聞こえる。

窓の縁に佇む黒猫の顎を撫でる。

「お前にも世話になってるな」

ごろごろと音を立てる黒猫。

そろそろ名前でもつけてやるか、なんて。

やっぱクロか？　マオもいいな。

羽根ペンに手を伸ばし、羊皮紙に目を落とす――と、

「……ん？」

机に、何か違和感を覚えた。

なんだろう、この感じ。

以前アンジュ先生がやったような――

視線を先生の方へと向けるも、アンジュ先生は黒板の方を向いており、目が合うことはなかった。

先生じゃないのか？

その違和感のある場所を指でなぞる。

何もない……が、何かある。確実に。

おもむろにフェザー・ステップで体に染み付いた、体に魔力を纏う応用で指先に魔力を込めると、なぞった場所から文字が浮かんできた。


『君はもう壊せる　†』


こんなことができるのはやはりアンジュ先生か？　にしても、抽象的すぎる。意味がわからない。

それに、最後のこの文字は――この世界の言語とはまた違った文字だろうか？　少なくとも、クラフトの知識にこんな文字は記憶されていない。

誰だ。

「ロイド族は魔族と同盟を結び、のちに衝突し滅亡の――」

こんな器用なことができそうなのはクラスでも先生かパティだけなんだがなぁ……

授業後、俺は帰り支度を進めるパティに声をかける。

「パトリシア様。今日は北生統の集まりでしたっけ？」

「ええ」

俺の言葉に、パティは無表情でそう答える。

するとパティは窓の縁に座る黒猫を指差し、興味津々な様子で俺を見た。

「あれはクラフト君が？」

「いえ、僕のペットではないです」

「そう？」

若干会話が噛み合ってない。

しばらくの気まずい沈黙。

もののついでにカマをかけてみるか。

「――もう壊せる、とは」

聞こえるかどうか程度の小声で呟く。

「え？」

顔色は変わらない。

無の表情でこちらを見つめるパティ。

「いえ、なんでもないです。では、さようなら」

「さようなら」

感情のない瞳に見送られながら、俺は教室を出た。そして、いつのまにか足元について回る黒猫を眺めつつ、階段を下りる。

あの反応は、多分パティじゃない。

となるとやっぱり先生が――？

「おい」

後ろからかけられた声に、条件反射的に体が震える。

振り向くとやはりそこには、仁王立ちするカイエンの姿があった。

「ちょっと面貸せや」

夕焼けに染まる階段に、鈴の音が響いた。

俺は今、どんな顔をしている。

恐怖に染まった顔か、余裕のある顔か。

特訓がやっと軌道に乗ってきてから初めての呼び出しに、不思議と俺は妙な高揚感を覚えていた。

校舎裏に八つの影が伸びる。

カイエンと、その手下たちが俺を囲んだ。

カイエンの扱う火属性の魔法は、威力は高いが速度は遅く、また彼自身の拳も鈍重だ。

特訓で身につけたフェザー・ステップと、今の俺の身体能力ならば、全ていなせるかもしれない。

囲うように集まった腰巾着と正面に立つカイエン。

どう来る？　魔法か？

「腹が立ったから殴らせろ」

ただ憂さ晴らしが目的なのは知っている。

奴はサンドバッグが欲しいだけだ。

「うるぁ!!」

大振りな拳を難なく避ける。

丸太や黒猫の方が数段早い。

俺が避けたことに、周囲からは驚きと焦りの声が入り交じる。カイエンは殴り終えた形で止まったまま、呼吸を荒くする。

「よお、今避けたか？　すまねえ、俺が間違えて外しちまっただけかもしれねえな。避けるわけ、ないもんな」

続く左拳も避け、バランスを崩したカイエンは俺の後ろにいた生徒をそのまま薙ぎ倒し、怒りをあらわにする。

「大人しく殴られろや！」

周りにいた生徒たちが俺を捕まえようと飛びかかるも、特訓の要領でフェザー・ステップを纏い、その全てを躱《かわ》してゆく。

「『我、火を司りしファラスの子。荒れ狂う火炎の竜、集い、飲み込み、焼き尽くせ』」

ゴォ！　という音と共に燃え盛る地面。

四つの火柱がうねりを上げ、火竜が如《ごと》く俺へと迫ってくる。

「『ヘル・テンペスト』」

着弾と共に激しい火柱と小規模の爆発が周囲を包み、そのあまりの威力に、数名の手下がマントを燃やした。

「あづい！　あづい!!!」

「か、カイエン様!?」

「やられてねえみてえだな、クラフトぉ！」

地獄絵図も全く意に介さない様子のカイエンは、それらをも避けた俺に好奇の目を向けてくる。そして――

「おい、その猫もってこい」

「!?」

咄嗟に足元を見る――

にゃあん。声のする方、鈴の鳴る方へと視線を向ければ、軽い火傷《やけど》を負った取り巻きに摑《つか》まれてカイエンに渡る、黒猫の姿があった。

動悸が激しくなっていくのがわかる。

「これ、お前のだよなぁ？」

「……俺のじゃない」

「へえ、そうかよ」

にゃあん。と、力なく鳴いた黒猫。

黒猫の頭に、指が食い込むのが見える。

そこまでするのか？　カイエン。

気がつけば俺は膝をついていた。

「……動物は関係ないだろ。もう避けない。いくらでも殴られる。だから離してやってくれ」

「だってよ。お前ら、捕まえとけそいつ」

カイエンの指示で、他の生徒たちが俺を摑み組み伏せる。俺は抵抗せず、ただカイエンの右手に握られた黒猫を見た。

「俺はよ、クラフト。パトリシアが好きなんだよ」

それはおよそ恋焦がれる相手について語っている者の顔ではなく、ただただ醜悪な、欲にまみれた顔だった。

「あいつの顔も、体も、名声も、将来性も全てが好きだ。俺に相応《ふさわ》しいからな。誰にも邪魔はさせない。ナナハにも、もちろんお前にもな」

カイエンの右手に魔力が集まるのを感じる。

黒猫は必死にもがくも、その怪力に抗う術がない。

「やめろ……」

「今日は楽しそうだったな。この猫をダシに、毎日楽しそうにされちゃたまんねえよ」

カイエンは黒猫を哀れむような目で見た後に、口角を釣り上げ、詠唱を始める。

「取り巻きは取り巻きらしく、ただ後ろを付いて回る以上のことはすんなよ……『我、火を司りしファラスの子……』」

「おいやめろ!!　止めろお前らも止めろよおおお!!」

「ダメなんだ、ダメだ、我慢してッ」

おおよそ恐怖で支配された他の生徒も、そのあまりにも残酷な光景に震えている。

フェザー・ステップによる身体強化も、男子生徒六人の力には抗えない。防御魔法を展開しようにも、攻撃判定となりたちまち精神が侵されるだろう。

「『集え灼熱《しやくねつ》の業火よ、我が手は悪しきを喰《く》らう火竜の顎《アギト》……』」

カイエンの右手が発火する。

燃え盛る右手に摑まれた黒猫は絞り出すような鳴き声を上げながら、必死に逃れようと暴れている。

「やめろ……」

頭の中に、机の文字が蘇る。

『君はもう壊せる』

頭の奥底に熱い痛みが走ると同時に、俺は無意識に周囲の風を集めていた。

「や、め、ろおおお！！！！！」

バキッ!!!　頭の中の、何かが砕けた。

俺を掴む生徒を吹き飛ばしながら一気にカイエンへと駆ける——そして気づけば俺は、黒猫を掴んだ奴の腕を、躊躇《ちゅうちょ》なく切断していた。

「ぐ、ぐうううううあああああ!!!？」

肘から先がなくなった自分の腕を掴み絶叫するカイエン。

切断された燃える手からよろめくように脱出した黒猫は、俺を一瞥《いちべつ》した後、森の方へと消えていった。

カイエンの魔法の音と今の絶叫で野次馬が集まってくるその前に、俺はその場から去った。

第三章 開花

あの日から約一週間。俺は学校に行かず、屋敷の裏の森でひたすら鍛錬を積んでいた。

黒猫の姿は一度も見ていない。

すぐに後を追って捜したが、とうとう見つからなかった。

あの大火傷の後では、もしかしたら……

「俺のせいだ」

木に打ち付けた拳に血が滲む。

カイエンは死んでいない。

あの事件は犯人不明で流れたみたいだ。

あの場にいた全員が、クラフトをいじめていた常習犯であり、カイエンは人一倍プライドの高い男。クラフトに反撃され腕を切り落とされたとなれば、それこそ奴にとっての汚点になる。

教師に泣きつけるはずもない。

切れた腕も魔法でくっ付いているだろう。

腕さえ残っていれば、再生できる。

「何もかも足りてない」

俺の今の顔は、酷くやつれているだろう。

まともに食事もとっていない。

あの日から毎日、俺は自分の魔力が空になるまで、体力が空になるまで、がむしゃらに特訓に励んでいた。

カイエンの腕を落とした後悔はない。

あるのは黒猫への謝罪の気持ち。

そして、無力な自分への虚《むな》しい気持ち。

「足りない」

逆巻く暴風は周囲の木々を薙ぎ倒し、地面をも抉《えぐ》り取る。

学校に行くわけにはいかない。

カイエンを見たら殺してしまいそうだ。

嬉しい誤算なのか、悲しい副産物なのか、たがが外れた俺は、人を攻撃する魔法も使うことができるようになっていた。

ある意味でショック療法といえる。

「こんなんでも戦えるようになったって聞いたら、先輩、喜ぶかな」

また無意識に言葉が溢れる。

右頬を伝う涙で我に返る。

まだクラフトの意識が残っているのか。

頭の中に、クラフトの唯一の理解者とも呼べる存在の顔が浮かんでくる。

彼は今、攻撃ができるようになった自分を見て喜んでくれているのだろうか。

「先輩、ギルドにいるかな」

いつでもクラフトの味方になってくれる、クラフトが心を許す数少ない人。

学校には行きたくない。

ギルドに行けば、少なくともこの気持ちを紛らわせられそうだ。

俺は重い足取りで、ギルドを目指した。


クラフトの記憶を遡る限り、クラフト《彼》はギルドにかなりの頻度で顔を出していたようだ。

魔闘士育成学校が城なら、ギルドは要塞だ。

ギルドとは、魔闘士育成学校を卒業した生徒がエスカレーター式に進む機関のことで、お使いから魔物退治、戦争兵までこなす何でも屋。

国の兵力のほぼ全てが、ここに詰まっていると言っても過言ではない。

ギルドのランクは〝星〟の数でわかる。

そして依頼の危険度も同様で、比較的安全な依頼は星一、最も危険な依頼は星一〇となる。

扉をくぐると、まさにギルド然とした景色が広がっていた。

「聞いたか？　ベルベド火山の麓の街が一夜にして壊滅したらしいぞ。なんでもログトゥスが出たとかなんとか――」

「最近ナザル国に不穏な動きが見られる。連中の宗派は非人道的で好かんと思ってはいたが――」

「おいマリージオの討伐依頼取ったの誰だ!!　これは俺様が――」

「シヴァル大陸への調査隊全滅したらしいぞ。やはりあの場所の気候は――」

「炎帝様はまだ任務から戻られないの？　私、定期的にあの方の瞳を見ないと――」

ギルド内は大変混雑しており、至る所から老若男女の世間話や怒号が聞こえてくる。

酒場で酒のつまみをかっ喰らう大男や、集まって依頼用紙に目を通している人たち。ナンパをしている人や、賭け事に興じている男たちなどなど、まるで無法地帯のような光景だ。

学校が終わって任務を受けにくる生徒も多く、真新しいマントを羽織った少年少女が多々見られる。

自然と心が落ち着いてゆくのを感じる。

ここでのクラフトはただの少年。

良くも悪くも、誰も干渉してこない。

クラフトが、グリーン家であることを忘れられる場所だ。

それに、ここに来れば彼もいるし――

「よおクラフト。久々だな」

噂《うわさ》をすれば、酒場で何かを飲んでいた青年が、軽く手を挙げて俺に声をかけてきた。

マルコム・ボレノス。

癖の強い黒髪に、覇気のない目。

身なりをしっかりすればかなりの美男子だ。

ヨレたマントの背には星がふたつ並んでいた。

「先輩、お疲れ様です」

「――？　おう、おつかれ」

俺の言葉に少し目を細めて挨拶を返すマルコム。

普段の挨拶と違ったかな。

学校でのこと知ってるのかな。

まさか、この一言でクラフトの中身が俺ってことに気づいたとかないよな？

「……ま、いいや。今日も採取系任務でいいか？」

少し疑うような視線を向けたマルコムだが、すぐに興味を失ったように紙を広げた。

いつも通りの口調で、テーブルに置いてあった一枚の依頼書を俺に見せてくる。

マルコムはクラフトより二学年上の三年生。星は三。

なぜ彼と一緒に依頼を受ける必要があるのかというと、それは学校側の規則で決められているからである。

〝星が二以下の生徒は常に、星三以上の魔闘士を含めた二人以上で依頼を受けること。その場合、学年は問わない〟

俺はこれに該当する。

ではなぜ入学したてのクラフトと、最上級生のマルコムがペアになったのか——それはひとえに、マルコムがクラフトを相棒として指名したからに他ならない。

気合い十分でギルドから出ていく生徒数名を横目で見ながら、ちょんちょんと指差すマルコム。

「あいつらこれからカエ・ウルフの討伐に行くんだってよ」

と、理解できないといった表情で言う。

マルコムは『未熟な魔闘士がわざわざ危険な所に行く必要はないだろ』とか『討伐は優秀な奴らに任せるのが一番』とか、あまり野心家ではない発言を過去にしている。

もちろん採取系やお手伝い系も立派な任務だが、やはり生徒の間では討伐系任務が花形であり、やりごたえがあるようで、その点彼の考え方と違っている。

そしてクラフトは攻撃ができない。

だから安全な任務しかできない。

俺たちの利害は一致していた。

今回受けたのは魔蓄植物という、読んで字の如く魔力を体内で貯《た》める植物の採取。

この植物は魔力が枯渇した時に噛んだり飲み込んだりすることで、微量ながら魔力を回復できる特性を持つらしい（クラフト知識）。

北の門からほど近い山中に二人の足音が響く。

マルコムが先頭を歩き、俺がそれに付いていく。

魔蓄植物は地球でいうところのタンポポとか、ぺんぺん草みたくどこにでも生えている草であるが、なぜか人が住まう場所には生えてこない。

なので、採取するには門から出て魔物が住まう王国の外へと出なければならず、多少の危険が伴うため、ギルドの下っ端が主に採取に当たっているというわけだ。

「今日は袋いっぱい採るまで頑張るか」

と、上機嫌でマルコムは歩いてゆく。

彼の隣にいる時のクラフトは、他の誰と一緒の時よりも、心が落ち着いているのがわかる。

「何度か任務を受けてますが、俺たちまだ魔物と遭遇してませんね」

「そうだな。まあこの辺は他の奴らが駆除に当たってるだろうし、根絶やしになってるかもしれないな」

「遭遇したら先輩お願いしますね」

「馬鹿言え。逃げるが勝ちだ」

出発から——いや、クラフトの記憶を遡ってみても、出会ってからずっとこんな調子で、マルコムはただの一度も魔法すら見せてくれない。

何か訳ありなのか？

わざわざ聞くほどではないが。

「学校どうだ、最近嫌なことあったか？」

「ッ！」

唐突にマルコムがそう聞いてくる。

こうやって彼は会うたびにクラフトの話し相手になってくれていた。クラフトは彼を心の支えとしていた部分が大きい。

「……」

言うべきか、言わざるべきか。

押し黙る俺を見て、マルコムは頭にポンポンと手をのせた。

「悩んだら吐き出せっていつも言ってるだろ？」

この一言に、クラフトはどれほど救われていたのだろう。その言葉が、この手が、何度もクラフトを闇の底から引っ張り出してくれていたんだ。

「実は……」

俺はカイエンとの一悶着《つい一週間前に起こったこと》を包み隠さず語った。マルコムはそれを、真剣な表情で聞いていた。

「そうだなまずは――」

マルコムは植物をぶちりと抜き、袋にそれを入れながら、

「病気克服、おめでとう」

と、微笑んだ。

「お前の行動は、よくやったとも、やりすぎだとも言わないが……少なくとも更に居心地が悪くなったかもな、学校」

マルコムの言葉に、俺は黙って頷《うなず》く。

彼は少し考えるようなそぶりを見せ、再びニッと笑ってみせた。

「ま、学校が全てじゃないからな。何なら辞める時は一緒に辞めてやるよ」

「えっ？」

驚く俺に、マルコムは笑みを崩さない。

「こうやってギルドの仕事をこなしていれば、実力さえ伴えば上も目指せる。卒業って綺麗《きれい》な形にこだわることもないだろ？」

そう言って、植物の採取を再開するマルコム。

親友って、こういう存在をいうのかな。

彼の包容力に、クラフトはもちろん、俺の荒れた心まで洗われていくようだった。

しばらくして魔蓄草を集め終え、そろそろ帰ろうかという時だった。

先の道から人が走ってくるのが見えた。

額には汗をかき、しきりに後ろを振り返っている。

少し太った男性。

大きなリュックを背負っている。

「おいあれ、」

「あああすまん!!　魔物に追われているんだ!!」

マルコムの声を遮るように、男性は焦ったような声で叫んだ。

獣のものと思《おぼ》しき荒い吐息が聞こえる。

足音が近づいてくる。

その男性を見るなり、マルコムの瞳が揺れた。

「あれは……カエ・ウルフだ」

目を見開きながらマルコムがそう呟いた。

男を追うかたちで俺たちの前に現れたのは、狼《おおかみ》とハイエナが合体したような四足歩行の魔物。

牙と鉤爪《かぎづめ》が鋭い。

襲われたらひとたまりもないだろう。

カエ・ウルフは一頭だけだが数で劣っても関係ないようで、凄《すさ》まじい速度で襲いかかってくる。

いくか――やれるか？　俺に。

魔力を集める俺をマルコムが止めた。

「クラフト！　おっさん連れて逃げとけ」

「え！　でも、」

「お前は無理するな。任せとけ」

そう言い、乱暴に俺を後ろに下がらせる。

飛びかかったカエ・ウルフに押し潰されるように、マルコムが地面へと倒れ込む。

「すまん！　まさか人がいるなんて……」

「とりあえず俺の後ろへ！」

必死に牙から逃れるマルコム。

しかしその爪は確実に彼の肉に食い込み、鋭い牙が生え並ぶその強靭《きょうじん》な顎が、彼の頭を噛み砕こうと大きく開かれた。

「あんちゃん!!」

おじさんの絶叫がこだまする。

そして次の瞬間——魔物の背中に〝黒い剣〟が生えた。

森の中に、獣の悲痛な叫びが響く。

次第にそれは小さくなってゆく。

魔物を討伐した場合、魔物の片耳もしくは両耳を切って持っていくことで、討伐報酬がもらえる——黒の剣を霧散させた後、マルコムはカエ・ウルフの耳を無言で切り落とした。

魔物を一撃で倒したのに、その背中はどこか寂しげに見えた。

「見たろ、あれが俺の魔法だよ。お前の話を色々聞いたんだ、俺も自分の話もしなきゃ不公平だと思ってな」

　彼は少し自嘲の笑みを浮かべた。

　その様子から察するに、どうやら俺に自分の魔法を見せたくなかったように思えるが――なぜだろうか。

「闇属性ですか？」

「だと思うだろ。でも違うんだ」

　マルコムは右手を突き出し、魔力を込める。

　塵《ちり》が集まるようにして形成されたのは、先ほど見た黒い剣。

　闇属性特有の黒色に思えるが、どこかそれは〝物質〟っぽく、モヤのようにそこにあるのではなく、ずっしりと重みがあるように思えた。

　そして何か懐かしい香りがする。

「ああ、助けてくれてありがとう。本当になんてお礼を言ったらいいか……」

　おじさんが申し訳なさそうに声をかけてくる。

　マルコムが手を離すような仕草をすると、その黒い剣は粉々になり霧散していく。

「なぁに、困った時はお互い様だろ。それにアンタ――昔世話になった人によく似てたからな」

　そう言って、マルコムはニッと笑ってみせた。

　おじさんの保護にも成功した俺たちは、辺りを警戒しながら帰路につく。

「迷惑かけたねえ」

「気にすんなよ。怪我なくて良かった」

それにしてもマルコムの様子が気になる。

俺に魔法を見られて若干落ち込んでいるように見えるからだ。

なぜ魔法を見られただけで落ち込むのか……それは俺が簡単に想像できずとも、クラフトの知識として思い出せることがあった。

魔法の属性は以前振り返った通り。

しかし稀《まれ》に、そのどれにも属さない属性を持つ者が生まれてくる事例もちらほらあるらしく、そんな人たちを総称して〝特殊属性〟という。

またの名を、罪人属性。

彼らは属性神を信仰できず、無意識的に扱える一つの魔法しか使えない。

マルコムは〝闇属性じゃない〟と答えた。

闇属性はいわゆる〝影〟を思い浮かべるのに限りなく近い。物理ではなく抽象的なイメージ。というか、土属性以外は全てそれに該当する。

「マルコムさんは特殊属性ですよね」

今まで出会った人たちがほぼ全員クズだったからだろうか……そしてクラフトを励まし支えてくれた大きな借りもある。

直感で、彼も一緒に強くしたいと思えた。

しばらく黙った後、マルコムは短いため息をつき、観念したように答える。

「まぁそうなんだろうな。特殊属性の奴らには無意識に使える魔法ってのがあるらしいんだが、それがあの剣を出す魔法だ」

「特殊属性？　そりゃまた珍しい」

おっさんが蓄えた鬚《ひげ》を撫でる。

「おじさんもご存じですか？」

「もちろんだとも。その大変さも十分に」

おじさんはマルコムに同情するような目を向けた。


人々で賑《にぎ》わうここはオズボーンの酒場。

年季の入った木造の建物は、どこか懐かしさと温かさを感じられる。

任務帰りの冒険者が多く見受けられ、二人の女性がパタパタと忙しそうに注文を取っているのが見えた。

「今日は全額タダだってよ。ツいてるな」

愉快そうに肉をかじるマルコム。

ここは先ほど助けたおっさんこと〝ランドル・オズボーンさん〟の店で、無事王国に着いた俺たちを無料招待してくれた。

ささやかなお礼の一つらしい。

「で、提案ってなんだ?」

ひとしきり料理を楽しんだ後、マルコムは怪訝《けげん》そうに尋ねてきた。

帰り道、俺はマルコムに提案したいことがあると申し出た。その提案というのはただ単に、俺と一緒に魔法の特訓をしないかというだけの話であるが。

その提案を受け、マルコムは眉間に皺《しわ》を寄せた。

「特訓したところで伸びるようなもんじゃない」

と、全く取り合ってもらえない様子。

ぐびりと飲み干し、彼の目を見る。

「伸びるとしたら、どうです?」

マルコムの手がピタリと止まる。

胡散《うさん》臭いだろうな。

断られたら断られたで仕方ない。

しばらく沈黙していたマルコムが口を開く。

手に持つグラスにピシリとヒビが入る。

「先に俺の質問に答えろ、クラフト・グリーン」

彼の纏う雰囲気が変わった気がした。

「お前は誰だ」

鋭い眼光で俺を睨むマルコム。

それはまるで狼か獅子《しし》のよう。

クラフトを本当に気にかけてきた彼だからこそ、これだけ早く気がつけたとも言えるだろう。

びりびりと震える空気の中、俺は目を逸《そ》らさずにその問いに答える。

「クラフトであって、クラフトではない者です」

「！」

俺の返答に、マルコムの瞳が動揺で揺れる。

これはある種の賭けだった。

秘密を打ち明けるということは、自分の身を危険に晒《さら》すことと同義。ただ俺は、危険を冒してまでも、クラフトが心から信頼したこの青年を自分自身で信頼してみたかったのだ。

「はっきりと説明するのは難しいです。ただ俺はクラフトと共にある者で、彼《・》の味方です」

「やっぱり別人か。おかしいと思ってたんだよな」

その言葉を聞いて、マルコムはどこか安心したようにため息をついた。

「クラフトはどこにいるんだ？」

「どこと言われても……俺の中、ですかね」

「そうか。あいつやっぱり……」

意味深な言葉を呟きつつ、黙り込むマルコム。

俺は続けて、自分の境遇とクラフトの境遇、クラフトの心境をマルコムに語っていく。

俺自身、こんな境遇に置かれて心のどこかで不安な気持ちがあったのかもしれない。まるで溶けてゆく雪の如く、気づけばマルコムに心の内を全てさらけ出していた。

彼はそれを黙って聞いていた。

どこまで理解してくれたのかはわからない。わからないが、深呼吸をした彼は一言、

「よし、その提案乗った」

と、答えたのだった。


一般的に、風属性の魔闘士は風の属性神であるクモスに魔力と祈り《詠唱》を捧げ、風属性魔法を発動することができる。当たり前だが、他の属性も同様だ。

以前教科書でも読んだように、神を通さず使う魔法は禁忌とされており、禁忌を犯した者は死者の世界に旅立てないと言われている。

現代風に言えば、成仏できないとか、天国に行けない。

「――その理屈で言えば、特殊属性の人は死者の国へ行くことができない……ってことですよね」

特殊属性の魔闘士は祈る神がいない。

自分の属性を理解することも困難。

そして肩身の狭い思いをするという。

そんなアホな話があるか、とも思う。

空を見上げながらマルコムが口を開く。

「特殊属性や無属性の奴は〝三神〟の誰かに祈るんだ。まあ別に、だからといって魔法が使えるようになるわけではないけどな」

寂しそうに言うマルコム。

「〝才能の神ルギウス〟〝知識の神トイテウス〟〝戦場の神ベオルーシス〟ですか」

「そうだ。才能が花咲くのを諦めきれない者はルギウスを、俺のように剣の道へ進む者はベオルーシスを、戦《いく》さ場から退く者はトイテウスを主に信仰する」

かつて、神族の頂点にいた三体の神、か。

手のひらの上に小さな竜巻を作った。

「まあ、俺はどの神も信仰していませんが」

「!!」

俺の言葉に、マルコムが目を見開く。

放たれた竜巻はメキメキと木々を薙ぎ倒してゆき、一直線上に道を作ってゆく。

「お前……お前は別に信仰していても魔法は使えるだろう」

「詠唱なんて手の内晒してるだけです。それに――」

〝神様。どうか僕の力を返してください〟

日記帳の一文が脳内に蘇る。

「神様は俺たちを救わない」

「……」

心優しいクラフトが病気を患い、勇敢なマルコムは魔法才能の芽を摘まれ、一方で小悪党のナナハやカイエンは思う存分魔法を使い、やりたい放題な世界。神もへったくれもない。

「先に言います。俺が教えられる魔法は、この世界でいう禁忌を犯す方法です。これにより、先輩は死者の世界とやらに行けないかもしれません」

先輩の目を見る限り、答えはわかっている。

「それでも、やりますか?」

俺の言葉に、先輩は無言で頷いた。

俺は近くの木を撫でながら続ける。

「まず、剣を出すあの魔法をもう一度見せてください」

「……」

マルコムは半信半疑といった様子で再び黒剣を出す。

「ではわかりやすいように、その剣を持ったままそうですね——この木に触れてみてください」

いたって真面目に告げる俺の様子を見てか、半信半疑はそのままに、しかし文句を言わず言われた通り手を添えた。

「意識してください。この木を媒体に、この木そのものを属性として扱い、魔力で覆って剣に変えてください」

「木からか？　確かに植物も魔力を微量ながら持ってはいるが……」

「集中して」

注意されてムキになったのか、目を閉じて集中するマルコム。

魔力が木へと流れ込むのが伝わる――それどころか他の木々にも魔力が流れてゆく。俺はあえてそれを止めない。

そして、

「できた……」

木に添えていた手が黒い剣を握り、興奮気味に振り返るマルコムの表情が固まる。

「なッ!?　これは、何が起こってるんだ!?」

周りの景色を見渡しながらそれに答える。

「貴方の属性の力です。ただ、マルコムさんの魔力が多すぎて、辺り一帯の木も影響を受けたみたいですけど」

マルコムの目にはきっと映っただろう――辺り一面に広がる、膨大な数の黒剣が。


『マルコムの特殊属性は〝炭素〟』

彼の剣の匂いを嗅いでピンときた。

ひょっとすると俺の風属性や水属性に次ぐ〝自然があればあるほど強くなる〟属性かもしれない。次点で土属性、光と闇は条件次第で、火は自然の力を借りにくい。

炭素は空気中にもあるにはあるが、手っ取り早い話、生物から抜けば確保できる。今回はやりやすい所で木で試してもらった。

生物に含まれる炭素量もかなり多い割合を占めている（七〇キロの人間には約一六キロ）……つまり、このまま特訓を積み重ね精密な魔力操作が可能となれば、エネルギーを抜くだけで相手の機能停止を行うことすら可能となるかもしれない。

その上、一時的に肉体の組織変換を行うことで理論上肉弾戦にも人間離れした能力を発揮できるため、マルコムの剣術も無駄にはならない。

「お前、これ……」

理解の追いつかないマルコム。

閉ざされていた道が一気に開けた戸惑い。

クラフトが常々感じていた恩を一つ返すことができたようだ。

「一緒に修業する気になりました？」

俺の問いに、マルコムは遠くを見つめたまま、大きく頷いた。

あの日から、すでにひと月の時間が流れた。

不登校の俺の生活サイクルはいつも通り、朝から晩まで修業漬けだったが、特訓にマルコムも参加するようになった。

「『風の槍《ランス・オブ・ウィンド》』」

「『槍』」

マルコムのかけ声に合わせ、炭素の槍が現れる。黒い槍と風の槍が拮抗《きっこう》し、耳をつんざく音が響く。

「先輩。なんか味気ないですよ、魔法の名前」

「なんだよ。わかりやすいだろ」

攻防を繰り返しながら会話を続ける。

マルコムも俺と同じように、近くに存在する〝炭素〟を魔力で操り魔法を作り出せるようになっている。

元々は存在しない魔法。

マルコムは魔法名にこだわりがないようだ。

「と、そろそろ休憩するか?」

「ですね」

これだけ戦っても互いに息一つ切れていないのは、体力作りと身体強化の恩恵だろう。

時には二人で模擬戦を行いお互いの反省点を洗い出し、また鍛錬を続ける——そんなストイックな毎日を過ごしている中で、俺は一つの決断をしたのだった。

「学校へ行く？」

マルコムが驚いたように俺の顔を見た。

「はい。さすがに俺の頭も冷えてきたので」

連日の厳しい鍛錬によってある程度の力も得ることができたし、いつまでもあの日を引きずるわけにもいかない。

カイエンを目にしても、怒りを理性で抑えられる自信がある――あんな状況でも、学校には通っていたクラフトにも迷惑がかかるしな。

「そうか。まあいいんじゃないか」

特に何も言うことはないようだ。

「ということで、決意の証《あかし》に髪の毛切ります」

「は？　何の関係があるんだ？」

「気持ちが切り替えられるんですよ」

こっちの世界では気分転換に断髪する風習はないようだ。あっちの世界では、特に女の子とか失恋したらバッサリとかあるのに。

クラフトは前髪を目いっぱい伸ばしている。

それこそ顔がほぼ隠れるほどに。

前髪を伸ばした心境は理解できるが、やはりちょっと邪魔だ。もう顔を隠す意味もない。

「じゃあ俺が切ってやろう。『双剣』」

二本の黒剣をヌンチャクのように振り回すマルコムを「怖いからいい」と制止し、風で小さな鎌鼬《かまいたち》を作った。


腰巾着たちの朝は早い。

理由は簡単、パティの朝が早いからだ。

我先にと早起きして支度を済ませ、パティが出てくるであろう時間を見計らい出迎える。

そこに友情はなく、ある種使用人とか執事の域に達している。

しかし当の本人は――

「おはよう」

などと、何も知らずにやってくる。

パティは彼らを深く知ろうとしない。

その場にいる全員が、自分に取り入ろうとする歪な心の持ち主でも、だ。

「おはようパトリシア。昨日やった指輪、よく似合ってるな」

カイエンがずいと前に出た。

右手は健在で、元気そうだな。

それにしても、付き合ってもない相手に指輪を渡すとかキツすぎないか……？　もっとも、無関心なパティにそういう駆け引きは不発に終わるだろうが。

「この意味は？」

「あああ！　べ、べつに深い意味なんてないからな！　買ったらたまたまそう彫られてたというかなんというか……」

パティが取り巻きたちに見えるように手の甲を向けるも、真っ赤な顔のカイエンはその巨体で隠す形でそれを阻止する。

他の取り巻き男子たちからは歯ぎしりと舌打ちが聞こえてくる。

ちなみにそこには〝二つで一つ、愛は永遠〟みたいなことが書かれていて、パティの指にも同様の指輪が光っていた。

中学生かな？

「パトリシア様、北生統はどうですか？　会長とはもう喋《しゃべ》りましたか？」

「うん」

ナナハの問いにパティは簡潔に答える。

「あの、くれぐれもご注意ください。会長はその……かなりの、」

ナナハの呟きは周囲の声に消えた。

他の取り巻きたちは「すげぇ」とか「会長ってあの……」だのとざわつき始めている。

「側から見るとこんな感じなのか」

俺は自分が元いた居場所《パトリシアの隣》から遠く離れた場所を歩いていた。

別の場所からだとよくわかる。他の生徒が取り巻きたちへ向ける、冷めた視線が。

「クラフト君、久しぶりね」

さすがの空間把握能力で、パティが俺に気づいて手を挙げた。同時に、カイエンの体が小さく震えるのを見逃さなかった。

取り巻きたちが鬱陶しそうにこちらへと振り返り——固まった。


「おはよ」


精いっぱいの爽やかスマイルで軽く手を挙げる。

会ったことのない父はわからないが、母は相当な美人。そして兄も姉も、双子の弟まで全員が美男美女の勝ち組血統の持ち主。

入学当初から前髪で顔を隠していたクラフト。その髪の奥には、必然的にとんでもなく整った顔があった。

少し長めの髪をいい具合に切り、イケメンや美少年風でなく、美形な男子に似合う感じにアレンジ。

昔ゲームのキャラ設定画面で数時間格闘した成果がここにきて活《い》かされるとは。

取り巻き女子たちはナナハ含め、目がハートになっているのがわかる。

俺の心境的には自分の作った力作キャラを他人が賞賛してくれるような、そんな誇らしい気持ちである。

逆に男子たちは警戒している様子。

パティは普段通りだ。

「――！」

何かを察したように、瞳が揺れる。

瞳孔が開いたのも一瞬で、次の瞬間には普段通りのパティに戻っていた。

髪切ったことに対して、じゃないよな。

「んじゃ」

いつもならこのまま合流し、その後カイエンからメられるところだが、今日からは一人だ。

俺はもう、パトリシア・サンダースの腰巾着をやめる。

カイエンやナナハと行動を共にするのもやめる。

学校に行く決意と同時に、彼らとの決別も決意したのだ。

パティが驚いたように手を下げてゆく。

そのまま逃げるように教室に向かう俺を、カイエンが見ていた。

がっつりひと月もの間休んでいたのに、特にお咎《とが》めもなく授業は行われ——そして二限目の戦争想定学の授業で事件が起こる。

「我が国の軍事力は四国最高と言われてはいるが、他国との戦争は常に覚悟しておかなければならない。たとえ今が良好な関係でも、いつなん時戦争を仕掛けられるかわからないからな」

真剣なアンジュ先生の言葉を、皆は話半分で聞き流しながら、近くの生徒とペアを作り始めている。

戦争想定学は対人間を想定した実戦形式の模擬戦闘が主な内容で、時には闘技場で、時には校庭にある特設フィールドに移動して、より実戦に近い形で戦闘訓練を行う。

二対二、五対五、あるいは二対三などの変則的な組み合わせで模擬戦を行う場合もある。

「先生、一番最近の戦争はいつ起こったのですか？」

「五〇年前だ。かの三英雄が魔族を打ち破った〝英雄戦争〟が最後だな」

「五〇年も前かぁ」

じゃあ関係ないな、とでも言いたそう。

ほとんどの生徒に危機感がない。

兵士としての自覚が、彼らにはまだないように思えるが……この歳《とし》の子供たちでは無理もない、か。

先生の深いため息が聞こえてくる。

そして——

「ッ!?」

会場内が軋むほどの魔力が解放される。

質問した生徒は腰を抜かし、尻餅をついた。

無表情のアンジュ先生がそれを見下ろす。

「戦争っていうのは――事前に知らせがあって、準備を万全に済ませ、皆が無傷で生還できるような生半可なものじゃない」

針で刺されるような圧に押され、皆が皆、緊張した面持ちで先生を見ている。

「食事中、夜中、授業中、未成年、女性、老人。相手は我々の都合に一切配慮しない。そして撃ち合いに負ければあるのは〝死〟と〝支配〟だけ」

淡々と語るアンジュ先生。

まだうら若い女性から放たれた言葉とは思えないほどの重み。この年でいったい何十、何百の死線を乗り越えてきたんだ、この人は。

「私は、あなたたちが私より先に逝くのを見たくない。だからこの授業を不真面目に受ける生徒は放っておけないんだ。わかってくれるな?」

シン、と、静まり返る会場。

すでに濃密な魔力は霧散している。

満足げに微笑んだアンジュ先生がいつも通り点呼を取り、その後、各々がペアを作って戦闘が開始となった。

皆の表情が違う。活が入ったようだ。

パティと目が合ったが、彼女はカイエンと模擬戦をすることになったようで、取り巻き共々移動するのが見える。

一番見て勉強になるのはやっぱりパティだよなぁ……同じクラスだと同級生最強の試合が毎回観《み》られるってだけで役得だ。

まずはパティの戦闘を見学しよう――となるはずだった。

「クラフト君」

不意にかけられた声の方へと顔を向けると、そこにパティの姿があった。

周りには取り巻きたちの姿もあり、皆が皆、困惑の表情を浮かべている。

「ん？」

嫌な予感がする。直感でそう思った。

「私と戦って」

それは予想していた通りの言葉だった。

パティはクラフトが攻撃できないのを知っているし、当然だが、今までパティに模擬戦闘を申し込まれたことはない。

しかし今回だけは違う。

パティはある種の確信めいた何かを感じ取り、俺へ模擬戦闘を申し出たのだ。

その鋭さも英雄候補と呼ばれる所以《ゆえん》か。

「パトリシア？　まさかこいつと戦う気か？　今日は俺と模擬戦闘やるって言ってたじゃねえか」

「それにクラフト君は攻撃ができませんよ？　可哀想じゃないですか」

すかさずカイエンとナナハが口を挟むも、パティは全く聞こえていないように、ただ俺の返答を待っている。

気づくのが早すぎる――

「そこ、二人組を早く作れ」

俺たちの様子を見かねてかアンジュ先生が間に入る……が、それでもパトリシアは視線を動かさず、俺の瞳をじっと見つめている。

「パトリシア。クラフトと模擬戦やるつもりか？　それはさすがに――」

と、先生が俺へと視線を向けた後、

「自分の意思で決めなさい」

表情を一変させ、目を細めた。

模擬戦闘では怪我をしない。

グリーン家の訓練所にあるものと同じ要領だ。

「まさかイキナリとは……」

対峙《たいじ》するパトリシアを見据えながら、当てつけのように、彼女へ向けて深いため息をつく。

擁護派であったはずの先生までもが戦闘を促す流れに乗ったことで、俺は断れずに今に至る。

二人共が俺の変化に気づいてる。

マルコムとの模擬戦での勝率は六割ほど。

ギリギリ勝ち越している状況だが、確かに相手が同じでは自分の強さが測りにくいのも事実。

これもいい経験に繋がるだろう。

俺たちの試合場をほとんどのクラスメイトが見守る中、アンジュ先生の開始の合図が響く。

「私の勘違いなら、後でたくさん謝る。ただ今は——君の全力を見せてほしい」

申し訳なさそうに呟くパトリシア。

ふわりと彼女の髪が揺れる。

右手を挙げ、詠唱を始める。

「『我、光を司りしナイラスの子……』」

ナイラスは光の属性神と言われる存在。

詠唱内容から導き出されるのは当然光属性。

「『穿《うが》つ光は正義の矢——』」

クラフトの魔道書《豊富な知識》から導かれる魔法は二階級魔法のジャスティ・レイ。光速の直線貫通攻撃、唱え終わりに避けるのは間に合わない……となればやることは一つ。

空気の圧縮と膨張による爆発力を用いた高速移動を二度、東↓北の向きで発動。衝撃に備える。

「『ジャスティ・レイ』」

光線が放たれたコンマ数秒早く、俺の体は東方向へ押し出され、続く北方向への押し出しによりパティとの距離が一気に縮まる。

「風の剣《ブレイド・オブ・ウィンド》」

右手に風の刃を作り出し、突き出す——と同時に高速発動されたパティの魔法により、まるで刃と刃が交差したような金属音が耳をつんざく。

「これ、エイリャン・アーミーだよね。四階級魔法まで使えるのか」

彼女の両手にはそれぞれ輝く剣と盾が握られており、突き出された盾と俺の魔法がぶつかっていた。

奇襲のつもりだったのに、さすがの反応速度・魔法展開速度だ。

間髪いれず迫る刃に俺は風の防御膜を発動させ、風の向きを合わせて受け流してゆく。

右から迫る刃は左回転で、すくい上げにも上へと流れる風で受け流す。

四階級相当の魔法を二階級相当の魔法でいなせるのは効率がいい。相手の魔力をその分消耗させることができている。

「『光を司りしナイラスの子……』」

痺《しび》れを切らしたパティは、魔法詠唱を開始すると同時に、一気に距離を詰め剣を振り抜き――

俺はそれを受け流しながら、詠唱の内容を読み解く。

「『集え集え、光の戦士たる太古の民――』」

ゴウッ！　と、パティを取り巻く魔力が一気に色濃く吐き出されたかと思えば、光の粒子が剣へと徐々に集まってゆくのが見える。

ヴォーグ・レイサー。

斬撃延長＋光速の横一閃《いっせん》。

飛ぶか伏せるか……どっちが次に繋がりやすいだろうか。

剣先を見ると、わずかながら上を向いていることに気づく。

となれば必然的に死線《デッドゾーン》は相手側から見て右上から左下の直線に絞られる。避けたまま攻撃に移りやすい位置となると……あっちか。

「『ヴォーグ・レイサー』」

光の剣に集まる粒子がィイインと高い音を立てながら、斬撃となって空間を真っ二つに断ち切った。轟《とどろ》いた斬撃音と共に、後ろにあった客席や地面が抉れる。

剣を振り切ったパティの右手の前――死角となるはずのその場所に潜り込んだ俺は、風の剣を再び展開し胸元へと迫り――

ズバンッ!!

分断されていたことに気づいたのは、試合終了直後のことだった。

欲張りすぎて俺が一番攻撃しやすい場所に避けたのを、多分パティは読んでいたんだろう。というか、あそこに誘導されたと考えていい。

結果、英雄候補に華を持たせる形になってしまったが、自分の立ち位置も知ることができたし良かったのかもしれない。

「結局パトリシア様の勝ちかよ」「何が起こってるのかわかんなかった」「クラフト君てあんなにカッコよかったっけ?」「最後の攻撃何?」

見ていたクラスメイト全員が今の攻防を追えていない。特訓一カ月にして英雄候補といい勝負ができたなら、今後一層の努力で超えられるかもしれないな。

「ありがとう、パトリシア様。いい勉強になりました」

彼女の全力が引き出せたか疑問が残るが、今の戦闘は今後の特訓でも役立つ場面がきっと出てくる。いい収穫だった。

「……」

消えてゆく光の剣を呆然《ぼうぜん》と眺めるパティ。

まさか返す刃で叩《たた》き斬ってくるとは思わなかったな。

「さすがはパトリシア様ですね！　クラフト君もきっといい勉強になったはずです！」

すかさず取り巻きたちがパティを取り囲み、俺への皮肉も交えながら賞賛を送っている。

俺はその様子を確認した後、踵《きびす》を返して石段へと向かう。

「クラフト」

試合場から下りる俺を、動揺した様子でアンジュ先生が呼び止めた。

ふわり。と、何かに包まれる感覚。

気づけば俺は、アンジュ先生に抱きしめられていた。

「えっ……？」

「克服できたんだな」

一瞬だけの優しい抱擁。

それを解いた彼女の目には、なぜかうっすらと光るものがあった。

「頑張ったな」

「――ッ！」

全てを悟ったような微笑みに、溢れそうになる涙を堪えながら、俺はその場を後にした。


討伐任務に挑戦しようと決めたのは、俺たちが修業を始めて二カ月目のことだった。

討伐任務は命と命の奪い合い。

たとえ格下の魔物相手でも、生半可な覚悟で挑めば足をすくわれる。窮鼠《きゅうそ》猫を嚙むだ。

余裕を持って二カ月みっちり基礎基本を固め、膨大な数の模擬戦をこなした末に挑む初の討伐任務。

俺の星は一、マルコムは三。

星三ならある程度の討伐任務が出てくるが、掲示板に貼られた依頼書の中から因縁の相手を見つけた。

「実戦想定もやったけど、やっぱり任務となると緊張感が違いますね」

「俺たちの戦闘技術がどの程度通用するのかわからないからな」

掲示板に貼り出された紙を一枚ちぎり、受付でサインをもらう。

今回は因縁のカエ・ウルフ討伐。

前回の時のように群れからあぶれた一頭の討伐で、真新しい依頼書だった。

その足でギルドから伸びる専用通路を抜け、門をくぐり、王国をぐるりと囲む巨大な壁の外へと出た。

ここから依頼場所まではそう遠くない。

手頃な木の棒を拾いながら、マルコムが口を開く。

「学校、どうだ？　何か変化あったか？」

「取り巻きから抜けた以外に変化ないですね。先輩は？」

「俺も変わり映えしない学校生活だな。もっとも、俺たちは最上級生だから、今年の魔闘祭に向けて皆殺気立ってるよ」

まるで他人事のように語るマルコム。

魔闘祭。

グリーン家の食堂でもそんな話題が出てたが、要するに学年別のトーナメントだ。

「去年一昨年と散々な結果だったが、今年は俺も一花咲かせられそうだ」

「でも三年は激戦区って聞きましたよ」

「まあな。〝全能〟〝鎧竜《よろいりゅう》〟〝剣帝〟。当然ながら北生統の面子が優勝候補だ」

こそばゆい二つ名付きの彼らが大本命か。

とはいえ俺も活躍すればカッコいい二つ名が付くかもしれないな。神風とか、暴風とか。

「現段階で勝算はどのくらいですか?」

俺の問いに、マルコムは即答する。

「まぁゼロだろうな」

「ゼロ? そんなに差があるんですか?」

「ああ。恐らく足元にも及んでない」

英雄候補と割といい勝負した俺とほぼ互角のマルコムが、勝算なしと即答するほどの相手――化け物すぎるだろ。

「っと、話してる間に、いたぞ」

視線を向ければ、そこには魔物の死肉を食い漁《あさ》るハイエナのような魔物、カエ・ウルフがいた。

「依頼書ってはぐれが一頭でしたっけ？」

「依頼書はな」

なんだこの見渡す限りのカエ・ウルフの群れは。話と違うじゃん。

そしてその全てが俺たちに気づいたらしく、犬歯剝《む》き出しに威嚇しながらジリジリとこちらへ距離を詰めてくる。

「任せろ」

群れを見据えながらマルコムが呟く。

俺は無言でそれに頷いた。

「『串刺し』」

手に持っていた木の棒が黒の剣となり、それを地面に突き立てるマルコム。

すると――

至る所から上がる断末魔の鳴き声と血飛沫《しぶき》。

目測で五〇頭近くいたカエ・ウルフの群れは、体から無数の黒い剣を生やしながらその場に倒れ、そのまま動かなくなった。

「耳取って帰るか」

以前は一頭に苦戦していたマルコム。

クラフトの才能に負けないくらい、特訓によって彼の潜在能力が開花していた。

そして討伐依頼達成から一時間後。

俺たちはオズボーンの酒場で祝杯を挙げていた。

「二人同時に星三昇格を祝して乾杯!」

小さな樽《たる》状のジョッキを掲げ、乾杯する俺たち。もちろん未成年であるため、入っているのはただの果物ジュースだ。

あの後俺たちが合計五二頭分の耳を持ち帰ったことで、ギルド内でちょっとしたパニックが起きていた。

本来一頭であるはずのカエ・ウルフが五〇頭でしたなんて、発注ミスも甚だしい。余裕で死人が出ていた案件だ。

カエ・ウルフは多くても一〇程度の群れで行動する魔物。それでも群れを相手にするのには星三相当の冒険者が数人いなければ相手取るのは難しいとされている。

今回はその五倍の五〇頭。

それを星一と三の学生が無傷で討伐。

色々バタバタしたのちギルド側が提示してきた報酬は、お金の増額はもちろんとして、二人の星三昇格だった。

飛び級昇格は異例らしい。

「倒したのは全部先輩ですけどね」

「俺と実力は変わらないだろ。黙ってもらっておけばいいんだよ」

そう言いつつも、俺たちは喜びを隠しきれない。

特訓して強くなっても認めてもらう機会はほぼなかったわけで、対して今回は目に見える評価をもらったのだ。元落ちこぼれの俺たち二人にとって、これは特別嬉しい出来事となった。

「ほれほれ、今日も私のおごりだ」

「ご馳走《ちそう》になります！」

それをオズボーンさんに報告をしたところ、またまたタダで飲み食いする権利をもらってしまった。ただ、前回甘えたばかりなので、今回はお金を払っていこうと思う。

ひとしきり料理を楽しんだ後、マルコムは少し考えるような様子で頬杖《ほおづえ》をついた。

「しかしカエ・ウルフが、なぁ……」

「何か引っかかりますか？」

「ん？　ああ。そもそもカエ・ウルフはこの辺にいる魔物じゃないからな。もっと寒い地域にすんでるはずだし、体毛が白なのはそれが理由なのもある」

確かに、俺たちが倒してきたものは全て白の体毛だった。広い平原と森に囲まれたオーヘルハイブ王国で、その色はよく目立つ。

昔からこの辺りを縄張りとしているなら、目立たない黒か茶などの色に変化しそうなものだ。

今思えば、掲示板に貼り出された討伐依頼もカエ・ウルフが多かったし、何か妙な胸騒ぎがするな。

「奴らの群れに上下関係はなく、故に群れを追い出されて一匹で行動するってのも聞いたことがないし、逆に目立ちすぎる五〇頭の群れも、餌の確保すらままならないだろうし聞いたことがない。となると……」

「住処《すみか》を追いやられた、とか？」

それも、ごく最近一斉に。

例えば、圧倒的な強者によって。

「としか考えられないな」

まあ深く考えても仕方ない――と、再び料理にかぶりつくマルコム。俺も難しく考えないように食事を再開したのだった。

第四章 古《いにしえ》の種族・前編

和やかな朝の光に包まれる群青の空。

野営の道具を背負い王国から旅立った俺たちは、目的地であるガナルフェア遺跡を目指していた。

ただただ森がひたすら続いていて、建物も何も見えてこない。

「馬の足で片道一日となると、俺たちの足でどのくらいだ？」

炭素で作った黒の鳥に乗るマルコムが問う。

「馬の足の四倍くらいと考えて、休憩なしで三〜四時間ほどですかね」

俺は風に乗り、大空を優雅に飛翔中。

出発からすでに一時間ほど経つが、目印の大樹は未だ小枝ほどの大きさ。

道のりはまだ遠い。

「しかし星三になったばかりのお前にも指名の依頼が来るなんてな」

「？　珍しいことなんですか？」

「星が上がれば指名依頼は確かに増える。一定の星があれば名前も実力も広まっているだろうしな」

夕食用の干し肉をかじりながら、マルコムが話を進める。

「ただな、つい先日星三になったばかりの者を指名するって、違和感あるだろ？　理由が理由にしても、ただの星三だ。まぁ……指名主が指名主だからなんとも言えんが」

確かに彼の言い分は俺にも理解できる。

彼が言うように、多くの冒険者はいくつもの依頼を受けて名前と実力を売って周囲に認知されるという段階を踏み、指名されるに至る。

対して俺たちは実績で言えばカエ・ウルフの軍団の殲滅《せんめつ》以外、薬草集めしかしていない――つまり名前が全く売れてない。他の星三と比べても実績面で劣っているんだ。

「俺は依頼主の名前を見て決めました」

「俺はお前の直感を信じることにしてる」

マルコムのやる気はそれほど高くない。

依頼を受けようと言い出したのは俺だ。

それには理由があった。

時は一カ月ほど遡る――

初の討伐任務の成功と星三への飛び級昇格を果たした俺たちは、より一層自分自身に追い込みをかけ魔力の底上げと質の向上に努めていた。

そんな矢先、その指名依頼が届いたのだ。

〝指名依頼〟

読んで字の如く、名指しでの依頼。

大多数の魔闘士に向けた依頼書とは違い、依頼者がこの魔闘士にぜひやってほしいという期待と信頼を込めて手配することが多い。

それに、これはただの指名依頼ではない。

依頼主は、かの〝ジェイド・アイアンゴードン〟。

誰もが知る〝三英雄〟の一人からの依頼だ。

三英雄とは、かつて起こった三闘戦争を終息させ、人類を世界の中心とする領地拡大に貢献し、人類繁栄を磐石《ばんじゃく》のものとさせた偉大なる三人の人族を指す。

ジェイドはその後、各地に未だしぶとく生き残る魔物の駆除を主な目的とした便利屋軍隊〝ギルド〟を立ち上げた存在。

要はギルドマスターである。


依頼を受けた後、任務内容の説明を兼ねてギルドマスターの部屋に通された俺たち。

まるで、中で何匹もの猛獣が飼われているかのような刺々《とげとげ》しい殺気を放つ奥の部屋こそ、ギルドマスターの部屋だった。

招待されてるはずなのに、この雰囲気。

カエ・ウルフの群れより遥かに強い殺気。

入った瞬間殺されるんじゃないだろうな。

「あの三英雄と会うのか、今から」

マルコムは少し緊張した面持ちだが、殺気に当てられても特に取り乱したりはしていない。

「異例の飛び級昇格に興味があるだけでしょうから、その時は先輩が説明してください」

「なんでだよ」

「年功序列ですね」

「こんな時だけかよ」

などと談笑しながら、俺たちはギルドマスターの部屋をノックする。

「指名依頼の件で参りました、マルコム・ボレノスとクラフト・グリーンです」

ノックの形を取る人差し指はそのままに、マルコムは端的にそう告げる。

数秒の沈黙の後、奥から「入れ」と返答があった。

失礼致します――と、扉を開いた直後。


俺たちはその顎に砕かれ死んだ。


じわり。と、汗が滲むのがわかる。

死を覚悟したとかではなく、明確な死があった。

眼前にいた巨大な獣に、俺たちはなす術なく喰らい尽くされた――鮮明な感覚。

もちろん体に傷はない。

ただの殺気だと気づいたから。

幻覚を遥かに超える殺気。

隣で生唾を飲む音が聞こえる。

「ほお、耐えるか。とりあえず、見込み違いじゃなくて安心した」

その声がキッカケとなり〝恐怖そのもの〟を体現した殺気から解放される。

やっと前方に意識が向けられるようになると、そこに座る男のシルエットが鮮明になる。

獣の如き鋭い眼光。

皺の目立つ顔立ちはさながら壮年の戦士という表現が適当に思える。

隆々の筋肉に包まれた右腕は、二の腕から先が金属でできており、他にも戦争の爪痕らしき傷が体の至る所に生々しく残っていた。

正直、パトリシアの比ではない。

今まで会ったどの魔闘士よりも、遥かに強い。

これが英雄ジェイド・アイアンゴードン。

修業を重ね、任務を重ね、英雄候補といい勝負をして——少しだけ芽生えていた自信が、根元からボキリと折られたような感覚。

「試すようなことをして悪かった。廊下で殺気に当てられてもどこ吹く風と談笑するお主らを少し脅かしてみた」

と、豪快に笑う英雄。

驚くどころか、死んだ錯覚を覚えた。

「まあそこに座ってくれ。資料もそこに置いてある」

ジェイドに促され俺たちは無言で席へと座る。

「挨拶が遅れたな。儂《わし》はジェイド・アイアンゴードン。このギルドのマスターにして、四カ国ギルド協会の会長だ。会えて嬉しいぞ」

両手を差し出し、握手の構え。

少しだけ悩んだ後、俺は左手を差し出した。

握った感触はそのまま金属。

それは小手《ガントレット》の類ではなく、中身もぎっしり金属の塊であることがわかる。

「こっちは戦争の時に落とされた。右手だけで済んだのが奇跡だったよ」

俺たちと握手を交わした後、自分の右手をさすりながらそう語り出すジェイド。

彼ほどの魔闘士にここまで言わしめる相手とはいったいどれほどの実力なのか――世界は広いな。

「……わざわざ時間を割いていただいたというのに、沈黙ばかりで申し訳ありませんでした。依頼内容と私たちを指名した経緯について、お聞かせ願えますか？」

口調こそ冷静だが、静かに怒りの感情を抑えているマルコム。ジェイドもそれは見抜いているようで、楽しそうにそれに答える。

「依頼内容はギルド特設の門から一二〇の方角へと進んだ先にある〝ガナルフェア遺跡〟の調査。防護呪文はかけてあるから問題はないはずだが、一応賊に荒らされてないかどうかの確認をしてほしい」

内容は単なる施錠チェック程度の仕事。

「もし荒らされていたら？」

「荒らされていたと報告するだけでいい」

後で処理班を派遣する。と、ジェイド。

それなら別に――

「口を挟むようで申し訳ないのですが、その依頼内容で、なぜ私たちを指名されたのですか？」

俺の言葉に、マルコムも小さく頷く。

俺たちが買われたのは、はっきり言って戦闘能力だけと言っていい。

俺たちにはカエ・ウルフ集団の討伐以外、お使い程度の実績しかないからだ。

依頼内容は誰にでもできそうな見回り点検の仕事であるし、特別な戦闘があるとも思えない。

となれば、なぜ俺たちを指名したのか疑問が残る。

「理由？　理由か、そうだな……」

ジェイドは困ったように天を仰ぎながらあごひげを撫で、そして――

時は戻り、森の中。

一カ月前のやり取りを思い出していたのか、マルコムは不機嫌そうに呟く。

「ただの興味本位、か」

マルコムとギルドマスターの相性はすこぶる悪そうだと、視線を下へと向けた時だった。

「！」

遥か眼下に人の形を見つけた。

それは明らかに何かから逃げており、それを黒い影のようなものが追いかけている。

「やらせるかよ！」

即座に急降下し黒い影と人の間に降り立つ。

黒い影は、獣の形をしており、目や牙も含め全てが黒の煙でできているかのように思えた。

魔物か？　いや、今は考えてる余裕がない。

「倒します。『風の矢《アロー・オブ・ウィンド》』」

風の矢を五本発生させ、こちらに襲いかかってくる獣を迎え撃つ。

全弾命中――が、それらは全て弾《はじ》かれてしまったようだ。獣に大きなダメージは見られない。

獣はひるんだ様子もなく、標的を俺へと変え飛びかかってきた！

「これでいけるか？」

俺は弾かれた矢を回転させ貫通力を高め、再度獣へとぶつける――と、今度こそ獣の身体は貫かれた。

蜂の巣になった獣は、砂煙を巻き上げながら地面に崩れ落ちる。

しかし、血飛沫が上がらない。

見れば獣の体は黒のモヤになって霧散し、その場に残ったのは矢によって抉れた地面だけだった。

生物じゃなかった、のか？

「そうだ、あの子はッ⁉」

視線を後ろへと向けると、そこにはマルコムに抱きつく形で泣きじゃくる女の子の姿があった。

「よかった、無事みたいですね」

「みたいだな。外傷もないようだ」

ほっと胸を撫で下ろす俺たち。

マルコムは困ったように視線を逸らしながら額をかいている。

「間一髪だったな、お嬢さん」

マルコムが少女の頭を撫でる。

どこぞの民族衣装に身を包んだ少女。

長い耳以外、普通の人間と変わりない。

長耳の人間――エルフか？

「色々気になる部分は置いといて、だ。なんだってこんな場所に子供がいるんだよ」

その怒りは黒の獣へと向けられたものか、親へ向けられたものか……ともあれ、マルコムが言うように、ここに子供がいるのは少々不自然だ。

王国からはかなり離れているし、近くに王国が認知する町や村や里もないはず。あれば休憩ポイントとしてチェックしているだろうし。

じゃあこの子はどこから来たのか？

「お嬢ちゃん、名前は？」

マルコムの優しい問いかけに、少々はヒックヒックしながら答えた。

「ポ、リーナ」

「そうか、ポリーナ。家はどこだ？」

「……あっち」

指差す先を見るが、深い森があるだけだ。

先住民とかそういう類か？

マルコムと目が合う。

マルコムは森の方へと親指をクイと向け、小さく頷いた。

森は、人はおろか獣も通っていないようで、道らしい道は全くない。

とりあえず、彼女が指す方へ行くか。

風を使って前方の障害物を切り刻みながら先頭を歩く俺と、ポリーナを肩車して両手に剣を構えるマルコムが行く。

「獣道すらないですよ。たとえこの辺に先住民がいたとしても、生活してる場所はもっと遠いのかもしれません」

「妙だな」

到底、人の手が入った場所には思えない。

それどころか周囲の魔物の気配が濃くなってくるのが感じられる。

長居すれば無駄な戦闘になるな……。

それでもポリーナは前方を指差し、あっち、と呟く。

行くしかないようだな。

マルコムに目配せし、肩をすくめてみせる。

マルコムは困ったように頭をかき、天を仰ぐようにしてポリーナを見る。

「なぁポリーナ。本当にこの辺……」

「『ラグレイオ』」

突如として、ポリーナの纏う魔力がゴゥ！　と音を立てながら上昇した。

周囲の空気が張り詰め、その重圧からか、俺たちの額には自然と汗が流れ出す。

ポリーナの手に光の束が集まってゆく。

言葉は出ない。

体も動かない。

なんだ、この異様な魔力の量は。

ポリーナが手のひらを合わせる。

「『蹴散らせ』」

集めた光がギュッと収縮したその直後――それらは意思を持ったかのように、一斉に森へと広がった。

光は、俺たちを取り囲んでいた魔物の気配を次々に撃ち抜いていく。

魔物の悲鳴、轟音《ごうおん》、砂煙。

聞いたこともない魔法だが、恐らく光属性。

数秒の沈黙――魔物の気配が消えたのがわかった。

「あっち」

ポリーナは何事もなかったかのように、真っ直《す》ぐ前を向いて指を差している。

「恐ろしく強い子供《ポリーナ》の住んでる場所、か。さて、鬼が出るか蛇が出るか……」

絶対戦闘民族が住んでそう。

あまりの衝撃に無言のマルコム。

しかし俺たちにはこの子を届ける義務がある。

「い、行きましょう」

そのまま俺たちは再び足を進めていく。

それにしてもこの子、何者だろう。

未だ頭の中が整理できていない俺たちをよそに、ポリーナがマルコムの首元からひょいと下りた。

「あッ、オイ！」

マルコムの制止も振り切り、俺の横をすり抜けていく。

そして、少し先の開けた場所に立ち止まると、空をなぞるように手を動かしながら呟いた。

「『誇り高いロイドの民に栄光あれ』」

その直後。

「え？」

「は？」

霧が晴れたように、という表現が正しいのかはわからないが、目の前にあった森がパァッと消え、村よりも更に栄えた集落が現れた。

〝里〟と形容しておこうか。

「なッ――魔法結界⁉」

俺たちの視覚からは、魔力探知にすら反応しない高度な隠蔽結界。

もちろんそんな結界は、いくら優秀な魔闘士がいたって発動・維持するには莫大《ばくだい》な魔力と技術が必要となる。

それら諸々の事情を理解しているマルコムは、この光景に絶句した。

まず最初に目に飛び込んできたのは、山ほどの大きさがある大きな大きな木。

縄文杉より遥かに太く、高い。

木の枝にはたくさんの鳥が留まっており、赤や青や黄色の果物がなっているのも見える。

その大樹を囲むようにして全て木材で建てられた家があちらこちらに存在し、大樹の上や中腹、大樹の中をくりぬいて階段になっているものもある。そしてそれらは全て吊り橋で繋げられており、かなりの数の人がそこで暮らしているように見えた。

「ロイド族はお礼、忘れない」

マルコムの手を引くポリーナ。

俺たちは訳もわからぬまま先へと進む。

地上では大人たちが走り回って、何かを必死に探している様子が見える。

そして全員に共通するのが、その尖《とが》った耳。

まさにエルフの隠れ里といった場所が、広がっていた。


〝ロイド族〟


授業で最近学んだばかりだ。

魔法の神から生まれたとされる神聖な民。

その姿形こそ人間のソレを模しているが、人とは全く別の生き物で〝魔力〟が命と直結しているという。

ファンタジー的な解釈をするなら、エルフというより精霊に近い存在。

彼らの体内には人とは比にならないほどの莫大な魔力が備わっており、魔力が枯渇してしまうとその命は終わってしまうとされている。

俺たちに気づいたのか、ロイド族たちがざわつき始める。

「エルマさん、ポリーが！　無事だよ！」

「おい、ポリーナが連れてるのって……」

「まさか⁉　どうやって！」

「だ、誰か長老を呼んできてくれ」

「人族……なぜここへ」

彼らの半数はポリーナへ視線を向けているが、もう半数は俺たちへと向けている。それも、まるで忌むべき存在を見るかのように。

ざわつく人混みは、まるでモーゼが海を割るかの如く道を開け、老人がこちらを見据えているのが見えた。

「迷える人族よ。我らの里に何用かな」

老人も厳しい表情は崩さない。

俺たちは顔を合わせた。

「おい、なんだこの空気」

「わかりませんよ。俺もロイド族についての知識なんてほとんどないですもん」

めまぐるしいスピードで進んでいく展開に付いていけない俺たちは、ひそひそ声で会議を開く。

俺が知る知識は、ロイド族が精霊に近い種族であることと、彼らが魔族との衝突により〝遥か昔に滅んだ種族〟であることだけ。

あたふたしていると、マルコムの手から離れたポリーナが、俺たちを取り囲む民衆の群れの一人に飛び付いた。

「ママ！」

「ポリー！　この子ったらどこにいたの！」

母親か、よく似ている。

「ギルドの依頼で近くまで来てました。結界の外で迷子になっていたこの子を見かけたので、ここまで連れてきました」

この流れに乗じて事情を説明すると、周囲が静まり返るのを感じる。

再びマルコムと顔を見合わせた後、何かマズイことになる前に退散する算段を立てた。

俺たちは「お邪魔しました」と、頭を下げた後、そろりそろりとその場を離れる。

「ポリーね、黒いわんちゃんに追いかけられててね、そこでお兄ちゃんたちが助けてくれたの」

母親の胸の中で無邪気にポリーナがそう呟くと、老人は少し悩んだように唸《うな》った後「待ってくれ」と呼び止めてきた。

「せめてポリーナを助けてくれたお礼だけでもさせてはくれぬか？」

俺たちが案内されたのは、今は使っていないらしいログハウス。

五～六人の大人が共同生活をしても苦にならない程度の広さがあり、リビングにあるテーブルもまた大家族用なのか広く厚みがあった。

扉がノックされ、二人の女性が料理を持って現れた。その後ろには長老と呼ばれていた老人もいる。

「盛大に歓迎できなくてすまんな」

と、申し訳なさそうに言う長老。

料理の内容は魚に鶏肉《とりにく》に果物に野菜。

調理法はとても原始的で、単に焼いただけのように見える。

テーブルの中央には赤ワインにも似た飲み物が置かれ、長老がそれらを三つのコップに注いでゆく。

「これは〝サネアの雫《しずく》〟といってね、ロイド族に昔から伝わる魔力回復の薬みたいなものだよ。さぁ、飲んで食べてくれ」

老人に渡されたコップに鼻を近づけ、そして一口……ブドウジュースにベリー系を混ぜたような味がした。

「急ぎの用事でなければ、今日はこの家で泊まっていくといい。大したもてなしができず申し訳ないのう」

「いえ、とんでもないです。ではお言葉に甘えて」

長老の言葉に、マルコムが答える。

泊まりになるのか。

任務の期間はギルマスがたっぷり三週間ほど取ってくれている。今日くらいゆっくりしても任務に支障をきたすことはないだろう。

俺たちは多少の居心地の悪さを感じつつ、食事を開始した。

「改めて、ポリーナを助けてくれて本当にありがとう。よもや結界の外に出てしまうとは、今後更に工夫を凝らさなければならないのぅ……」

困ったように唸る長老に、マルコムが問う。

「あの結界はあなたが?」

「いいや、あの結界は大樹サネアの祝福だよ。我らが魔力という栄養を送る代わりに、大樹が結界を作ってくれる。持ちつ持たれつの関係なんじゃよ」

長老は窓から見える大樹へと視線を向けた。

「里の者の反応は……すまなかったの。これは我らロイド族と君たち人族の関係性が原因なんじゃ」

人族との関係性？

人族とロイド族に因縁があるのか？

「失礼ですが、我々はロイド族の滅んだ理由を〝魔族との衝突〟だと聞かされています」

マルコムの言葉に、長老は悲しげにため息をつく。

「人族の年寄りたちは隠したがるじゃろうが——我らは魔族との衝突で滅んだわけではなく、人族に捕らえられ、利用されるのを拒絶し、滅ぼされたのじゃよ」

「「!!」」

伝わっている史実と違う。

そして長老は、ポツリポツリと語り出す。

神族が生んだ神聖な種族ロイド族。

魔力が人の形を成した存在。

魔力が尽きればその命は終わるという——それまでの情報は、教科書通りである。

ロイド族は生まれた際、生命維持を目的として赤子に里中の魔力を送る。それぞれもって生まれた器にもよるが、その魔力が定着すると、莫大な魔力を持つロイド族が誕生するとされる。

年端もいかないポリーナが俺たちを凌駕《りょうが》する魔力を有していたのも、これが理由のようだ。

魔力譲渡は彼らだけが扱える強大な秘術。

それがロイド族の強さの根源でもあり、滅んだ大きな原因でもあった。

彼らの半数は〝三闘戦争〟に巻き込まれて滅び、もう半数は欲にまみれた魔族——というのは間違いで、人族によって捕らえられた。

ロイド族は誇りを大切にする種族。

人族の欲を満たすために秘術は使わない。

人族は彼らが魔力譲渡を行わないことに腹を立て、最後は彼らの強さが自分たち人族の繁栄の妨げになると根絶やしにしたのだ。

これが、俺たち人族にロイド族が抱く恨み。

その恨みは深く、強い。

「……そんな事情があるとはつゆ知らず、いたずらに皆を混乱させてしまい申し訳ないです」

「いやいや、君たちはポリーナの恩人だ。恩を仇《あだ》で返すことはできんよ」

ロイド族は誇りを重んじる。

彼らを滅ぼした人族にも、敬意を払うのか。

「〝黒の獣〟を倒したのは君だと聞いた。本当にありがとう」

「いいえ、ポリーナに怪我がなくて何よりでしたよ」

「お主らのお陰じゃ」

ニッと笑顔を向けると、長老も顔を皺くちゃにして笑みを浮かべた。

にしても、黒の獣か。

何か知っていそうな言い方だな。

「その黒の獣っていうのは何なんです？　倒せたには倒せたのですが、なんというか……手応えがなくて」

あれは多分、普通の魔物とは違うもの。

血液も通ってなかったし、生き物ですらないのかもしれない。

長老は目を閉じた後、深いため息を一つ。

「あれは何者かの魔法であることはわかっておる。それに関係しているのかは不明じゃが、この里で多数の行方不明者が出てきている」

魔法か。それならあの手応えも納得できる。

姿形から考えるに闇属性の魔法か？

「行方不明者？　どのくらい？」

マルコムが鋭い目で聞き返す。

「六人じゃ。あの黒の獣が原因だとするならば、ポリーナが七人目になっておったじゃろう」

「六人……」

かなりのショックを受けるマルコム。

ギルドに依頼を出せば手がかりが見つけられるかもしれないが、人族に恨みを持つロイド族が、人族の作った組織たるギルドに依頼なんてできるはずもない。

考え込む俺たちを見て、長老はハッとしたように表情を変えた。

「おっと、こんな暗い話はやめにしよう。我らの問題は我らで解決する。今も昔もそうして生きてきたんじゃからな。心配はいらないよ」

長老はそう言いながら笑顔を見せ、料理を食べるようにと促してくる。

問題解決のために人手は多い方がいいに決まっている。しかし、彼らには人族との過去がある。いくら長老とはいえ、彼の一存では決められないのだろう。

俺たちは胸の内にしこりを残しながらも、料理を食べ、長老と別れ、寝室へと向かう。

「先輩、」

「いや、やめとこう。変に介入して、いたずらに彼らを刺激するのも良くないんじゃないか」

俺の言おうとしてることを察して、マルコムは冷静に首を振る。

「因縁のある人族の俺たちを、犯人だと決めつけて襲われなかっただけでも良心をかけてもらってると思うよ」

そう言いながらベッドに腰かけ、深くため息をつくマルコム。

「万が一を考えて、交代で睡眠を取るか?」

両目を手で押さえながらマルコムが言う。

例の黒い獣が来るかもしれないし、あるいはロイド族が寝込みを――なんて、考えたくもないがあり得る話だ。

「先に僕が起きてますよ」

「いや、俺でいい。そもそも俺はポリーナの魔力《さっきのアレ》を見てから、高ぶって仕方ないんだ。寝られそうにない」

と言い、マルコムは炭素の剣を生成する。

何もなければいいが……。

「では先に休みます。時間が来たら遠慮なく起こしてください」

「おう。おやすみ」

俺はマルコムの言葉に甘え、初めての遠出による緊張も相まってか、ものの数分で微睡《まどろ》みの中に意識を沈めていった。


どれくらい経っただろうか。

切迫したその声に意識を覚醒させると、優秀なクラフトの脳がフル稼働し、今起こっていることを即座に判断してくれた。

「起きろクラフト」

「一〇〇……いや、もっとですか？」

遠くの方から獣の唸り声が聞こえる。

例の黒い獣の方が来たか。

それも相当な数だ。

夜襲か？

「こうなったら見過ごせませんよね」

「外に出て事態を把握するぞ」

そう言って、迷わず外へ消えるマルコム。

扉が開け放たれると同時に、外の音が大きくなる。

俺も彼に続いて外へと飛び出した。

里は光一つない漆黒に包まれており、月や星の光も、分厚い雲に覆われている。

闇に目を慣らすとぼんやり見えてくるのが、危険を感じ取り家から出てきているロイド族の姿。聴覚に頼れば、獣特有の「ハッ、ハッ、」という荒い息遣いも聞こえてくる。

近い。すでに結界の中に来てる――？

「皆の者、目を瞑れい！」

上空から声がしたかと思えば、約二秒後、まばゆい光が里を包み込んだ。

遥か上空に浮遊する長老が放った太陽の如き光によって、周囲が明るく照らされる。

照らし出された里の中。

俺たちが取り囲まれた中央広場にはすでに何匹かの獣の姿があり、長老の膨大な魔力に反応してか、それらが同時に遠吠《ぼ》えする。

「まだまだ増えるな。俺は正面を制圧する」

「俺は後方を潰します」

俺とマルコムがログハウスから一気に着地すると、中央広場の獣数匹が襲いかかってきた。

「『ガエリオン』」

貫いたのは風の刃。

見れば、長老が片手をこちらに向けている。

高速の風魔法。威力は俺のドリルよりも上か。

俺たちが長老の方へ頷いてみせると、長老は申し訳なさそうに頷き返した。

俺とマルコムは同時に飛んだ。

周囲に強い竜巻を纏い、俺は後方から来る獣の群れと対峙した。

「数がどんどん増えてる……」

里を囲む獣の数は数千を超えている。

そのどれもが昼間出会ったあの獣と同程度の機動力・装甲力を有していると考えたら、これは色々覚悟しなければならない。

魔力を広範囲にばら撒《ま》き、風に乗せる。

「『風の知らせ《ソナー・オブ・ウィンド》』」

俺の魔力を含む風に触れた敵の数・動きに加え、味方のロイド族の動きを正確に把握。

ロイド族一人一人の戦闘能力も相当なものだ。それはポリーナや長老を見ていれば明らか。十分戦力に考えていいだろう。

攻撃はとりあえず前方に集中だ。

他の場所をカバーできる余裕はない。

「魔力も節約しないともたない……」

俺は両手に収縮させた風の刃を刀としてイメージし、それを定着させてゆく。

飛びかかってきた獣の頭部へ軽く当てると、豆腐を包丁で切ったような軽さで、その体が真っ二つに分断された。

集中力を切らさなければいける――！

俺は風刃二本を構えながら、眼前に広がる黒の獣の群れを見据えた。


黒の獣たちを全て倒しきったのは、うっすらと朝日が差し込んできた頃だった。

およそ三時間ほどの戦闘。

波のように押し寄せる獣の群れ。

時間がかかればかかるほど、魔力も体力も精神力もすり減る俺たち。

無傷で勝利などできるはずもなかった。

美しかった里は荒れ果て、そこら中に木片が飛び散っている。

「ぅ……ぅぅ……」

「右手が、俺の、」

「獣の声が耳から離れないの」

被害は甚大で、わかっている範囲で重傷者六二名、軽傷者たくさん、行方不明者三名。

死者が出なかったのは不幸中の幸いというべきか。そして、行方不明者の多くは子供だった。

「クラフト！　無事か⁉」

服をボロボロにしたマルコムが駆け寄ってくる。

「はい、なんとか」

「そうか、よかった」

彼も無傷とはいかなかった様子だが、それでも目立った外傷もないのはさすがというべきか。

「そっちに加勢できず申し訳ないです」

「あの状況で加勢できる余力がある方がおかしいだろ。幸い、死人も出なかったわけだし、皆よくやったよ」

そう言っているが、マルコムの表情は固い。

彼の見つめる先には、子供を攫《さら》われた家族の崩れ落ちる姿や、重傷を負った家族に泣き付く姿がある。

守りきれなかった。

力が及ばなかった。

戦闘状態から解放されたと同時に、遅れてやってきた絶望感。気がつけば俺の下唇からは血が滴り落ちていた。

「まだ救える命がある」

マルコムは視線を外さずにそう呟く。

行方不明の子供を救う。

犯人は十中八九奴らだ。

嘆くよりも先に、闘志を燃やしたマルコム。

そうか、俺たちにできることがまだある。

「俺が追えます」

何を落ち込んでるんだ、俺は。

まだ全部終わったわけじゃない。

里全域の風を操った際に、黒い獣たちがやってきた道も把握している。

追える。間に合う。

お互い顔を見合わせ、大きく頷いた。

「ちょ、長老！　その傷で動くのはやめてください！」

声のする方を見れば、包帯を巻かれた長老が、折れた木材を杖にしてこちらにやってくるのが見えた。

その右足は膝より先から引きちぎられたのか、傷口からは膨大な量の魔力が流れ出ているのが見える。

ロイド族は精霊に近い存在。

その体には血ではなく魔力が巡る。

魔力を全て失えば、その命は終わってしまう。

「行方不明者がいます。新たに三人」

俺の言葉に、長老は表情を暗くする。

「わかっておる。わかっておるが……これ以上お主らを巻き込むわけには……」

長老の返事を全て聞き終わる前に、マルコムは強い口調で言った。

「長老、もう乗りかかった船だし、任せておいてくれ。今は種族がどうのと言っている場合じゃないだろ？」

人族である俺たちに恨みの視線を向けていた他のロイド族も、マルコムの言葉を聞き、様々な感情が入り交じった表情を浮かべる。

「……すまぬ、本当にすまぬ」

その場にへたり込むように頭を下げる長老。その言葉を聞いた俺たちにはすでに迷いはない。

大鷲《おおわし》をかたどった炭素に乗り空高く飛び上がるマルコム。俺もそれに続き、空を目指した。

ガナルフェア遺跡はその昔、強大な力を持った三種族による勢力争い――のちに〝三闘戦争〟と呼ばれるその戦いの爪痕を大きく残す場所だ。

事実、ガナルフェア遺跡は原形の右半分しか残っていない。

それは三闘戦争にて、単体で凶悪な力を持った〝竜王〟の咆哮《ほうこう》を受けた結果、左半分と共に奈落の底へ繋がるほど広く深い穴が空いたのだそうだ。

世界に数カ所存在する、三闘戦争の凄まじさを感じられる土地の一つ。

「獣の発生場所がガナルフェア遺跡というのは本当か？」

「複数匹を追跡しましたが、全てその遺跡に帰っていきました」

それこそ音速を超えるほどの速度で飛ぶマルコムに必死に付いていきながら、今一度、目的地であるガナルフェア遺跡を目視する。

左半分が綺麗に抉れた神殿。

奇《く》しくも俺たちの当初の任務場所である。

「依頼の目的地と獣の発生場所が同じガナルフェア遺跡とは……まるで仕組まれてるみたいだな」

表情を変えないまま、マルコムが呟く。

偶然の一致にしては確かによくできているが——今はそんなことを考えている場合じゃない。

遺跡に着いた俺たち。

入り口に入ってすぐ、その濃密な魔力に、自然と表情が強張《こわば》っていくのを感じた。

遺跡の奥に横たわる複数のロイド族の子供と、黒の獣——ではなく、そこには一人の男が立っている。

不自然なほど青白い肌に、角。

そして男が纏う、暴力的なまでの魔力。

「人か？」

冷たい声が、遺跡に響く。

ゾクッ……！

突如、全身を針で刺されたような感覚に襲われた。
何かで押し潰されているような圧迫感に加え、暑くもないのに止めどなく流れる汗。
何をされた？
いや――ただ睨まれただけだ。
奴から放たれた殺気めいた何かに当てられ、体が動かなくなった。
脳が警報を鳴らしている。
この男と戦ってはいけないと。
「子供たちを返してもらいにきた」
マルコムが低い声で言い放つ。
「返すだぁ？　馬鹿言うんじゃねえ。こいつらは大事な俺たちの〝器〟だ」
青白い顔の男はニタリと笑う。
横たわるロイド族は全部で――九人。
過去の行方不明者含めて数が合う。
獣の気配をたどった先にこの男がいた。

つまりこの男があの獣を操っていた？

「何を言ってる」

「なぁにこっちの話だ。とりあえずまぁ、お前らは別に欲しくない。俺の栄養になってもらうかな」

男の赤い瞳にボウッと火が灯《とも》るように、尖った紋様と、かすかな光が揺らめいた。

「『黒の爪、黒の牙』」

どこからともなく、ゆらりと現れた黒の獣。

犬のような形もいれば、コウモリのような形もいる。

それらは地面から這《は》い出すように、あるいは空から落ちるようにして俺たちを取り囲む。

魔法か？　いや、何かが違う。

「やはりコイツが黒幕か」

マルコムが警戒心を最大まで高める。

妙なのはこの男が全く消耗してないところだ。

あれほどの獣を出し、操り、倒されたのに、それを使役するこの男に全く疲労が見られない。

獣の動きは一匹一匹が複雑だった。それに、あれほど強力な隠蔽結界をも越えてきている。

マルコムも感じ取っているだろう。

この男、明らかな格上。

「散々倒してきた雑魚《ざこ》出されてもなぁ！」

マルコムの怒号に共鳴するように、遺跡内部の至る所から黒のトゲが現れた。

そのトゲが獣たちを串刺しにし、そのまま男の体をも貫いた。

「なるほどな」

男の余裕のある笑みと共にトゲが砕けたように消える。周囲に現れた無数の黒い獣たちは全て消えたが、肝心の男は全くの無傷でその場に立っていた。

「この形じゃ脅威にもならないな。まぁ、数重視の最弱形態だから仕方ねぇか」

余裕の表情で男が腕を振ると、黒の巨大な獅子が三頭現れた。

獣が内包する魔力が明らかに増えている。

形の変更も出し入れも自由。

里でかなりの量を殺したと思ったが、奴の様子を見る限り、大した魔力を消費していないのか……。

獅子が前足を叩きつける。

俺はそれを迎え撃つ形で風の刃を作り、その前足を切り裂くイメージで一気に振り抜いた。

あ、れ、？

「ッぐ！　あああああ!!」

「!?　クラフト！」

気づけば俺の体は獅子の足に潰され、地面に叩きつけられていた。

全身の骨が軋むような音と共に、視界が赤で染まるのを見た。

血。俺の血だ。

何が起こった？

思考がスローになる。

風の刃が弾かれたのだ。あの肌に。

黒の獣を軽く両断する刃が全く通用しない。今まで戦ったことのないレベルの化け物。

心臓の鼓動が、大きくなってゆく。

巨大な牙が迫る——

「つ、はッ、ぐ、」

空気を圧縮・膨張させる超移動。

獅子の意識が噛み砕く方へ移行した瞬間の緩みを狙い、俺はその前足の拘束から解放される。

しかし、食い込んでいた爪から無理矢理に抜け出したために、俺の腹部は深々と三本の爪痕が残り、滲み出る血が止まらない。

「おいクラフト!!　生きてるよな!!」

「まだ、死んでない、です」

意識が遠くなるのを痛みによって引き戻される感覚の繰り返し。

マルコムは二匹を相手取り、かなり引き気味に戦っているのが見える。

なんとかこの一匹を倒して加勢に行かなきゃ……

「俺が優しくこのまま傍観するだけだと思ってないか？」

絶望の声がした。

「っぐッッ!?」

吹き飛んできたのはマルコム。

あの男から放たれた光線に貫かれたのだ。

肩付近に大穴が開いている。

「生きてますか？」

「まだ死んでねえ」

冗談が言える程度には元気そうだ。

そう言ってマルコムは俺の腹部へと手をかざす――と同時に、傷が塞がってゆく。同じようにマルコムの肩の傷もギチギチと音を立てて塞がってゆく。

「以前お前が教えてくれたよな。人体にも炭素はあるって」

炭素を操り傷口を塞いだのか。

失った血液は戻ってこないが、助かる。

「拍子抜けだな」

三匹の巨大な獅子を従えながら男が失笑する。

「わざわざ追いかけてきた刺客だからどんなもんかと思っていたが……まさか〝魔紋〟はおろか〝魔装〟も使えないとはな」

男が再び暴力的な魔力を纏い、不気味に笑う。

「お前から殺してやる」

男の集めた魔力が圧縮されてゆく。

男は人差し指を俺へと向けた。

風、風を集めろ。

目の前に厚みのある風の渦を作る——が、集まった魔力は放出され、防御虚しく俺の体を貫いた。

「……!」

胸に鋭い痛みが走る。

灼熱の痛み。死の痛み。

無力。圧倒的に無力だ。

魔族相手に抗う魔力もないのか。

「おい……クラフト?」

地面に沈むその一瞬、絶望するマルコムと目が合う。

弱いな、俺は。

願わくばマルコムだけでも生き延びてほしい。

痛みが遠のいてゆく中で走馬灯に近い何かを見る。

「成功した、これで戦争が——」

「まさかこの子供たちは——」

「恐ろしい研究――」

「奴が抱く子は無理だが他の二人は――」

これは、クラフトの記憶か？

断片的で、内容がわからない。

「洞窟？　それなら裏の山に――」

「お主の願い、確かに受け取った――」

「代償はお主の――である――」

「この力は――にしか――」

「悪いがお前はやりすぎた――」

「この子、魔法がッ――」

目が回りそうだ。

場面が目まぐるしく変化してゆく。


「いかにもって感じの空間だな」

何もない真っ暗な空間で、俺はひとりごちる。

走馬灯の行く末、俺がたどり着いたのは、真っ暗で何もない空間。

自分の体すらなく、精神のみの状態というべきか。

この展開、知ってる。

これ主人公とかの成長イベントのやつだ。

「主人公なら俺じゃなくパティとかマルコムだろ」

あの状況的に言えばマルコムの成長イベでいいだろと思う。だって俺は、英雄候補の取り巻きだったクラフトに憑依した厄介者だから。

まるで主人公が戦闘の最中、属性の神やら世界の神やらなんやらに誘われて力をもらい、戻ったら時間が経ってなくてその力で勝つ——みたいな。

毎回思うけど都合いいよねあの展開。

裏付けされた強さじゃなきゃ納得できないっていう俺みたいな人もいるけど。

「本音がダダ漏れだな」

クラフトとの繋がりが完全に切れたからなのか、元々の俺の人格そのままの思考になってきている。

ダメ人間の俺と、真面目で優しいクラフトをミックスしてうまいこと中和されてたのに。

「属性神様、来るならはやく来て！」

何もない空間に虚しく響く声。

クラフトに加護を与えるとすれば風の属性神とかかな？

『その神には祈らなくて良いのである』

「！」

空間全域に響くような声。

声がした方向へ反応してみれば、そこに〝王様〟を彷彿《ほうふつ》させる人物が立っていた。

長いマントと王冠。

顔はなぜか、黒のモヤがかかっていて確認することができない。

身長はよくわからんが六メートルくらいある。

どこから現れたのか、まるで最初からそこにいたかのようにその王様は立っていた。

「神様？」

その男を見るなり、俺はその人が〝神様〟だと思っていたが、第一印象で王様だと思ったのになぜだ。

さっきまで神はいないとか言ってたはずなのに。

というか、マジで強化イベ来た？

『お主が思い描くソレとは違うが、近い存在である』

淡々とそう答える王様は、身の丈ほどある剣を足元に突き刺すようにして立っている。

「である口調は癖である？」

『儂は元来こういう口調である』

癖らしい。

なんとなく老いた姿をイメージできる。

『儂が与えた力をまだ使いこなしていないようであるな。代償は払ったのであるから、遠慮せず使うのである』

王様はため息交じりにそう続ける。

「力って、なんですかね」

完全なる強化イベントですね。

しかも自称神から力の譲渡とかやばすぎぃ。

『物覚えの悪い契約主であるな。ならばこれを受け取るが良いのである』

まばゆい光が俺の体を包んでいく。

わあ、なんかゲットした。

今のところ体に目立った変化なし。

「これは?」

『お主の知識で言うところの、力のスイッチを入れるキッカケである』

わかりやすい。

「戻ったら力が使えるってことですか?」

『端的に言えばそうである』

ありがてえ。ありがてえ。

クラフトの体を奪うだけに留《とど》まらず、命まで奪うところだった。

『契約には代償が必要。儂との契約はすでに成立しているが、残りは別である……間違えるなよ』

そう言って王様は踵を返し、暗闇に溶けるように消えた。

名前を聞きそびれたな。

契約が何なのかも知りたかったのに。

カッと目を見開き、状況を把握する。

マルコムの顔には男に向けた憎悪の感情が張り付いており、男はせせら嗤《わら》いながら、指をゆっくりとマルコムに向けている。

予想通り時間が止まっていたようだな。

周囲の風全てを集め、操る。

三匹の獅子が爆散する。

傷が塞がってゆき、魔力が溢れ出す。

「お、まえ……？」

動揺する魔族の気持ちは痛いほどわかる。

俺も内心動揺してるから、である。

「クラフト……その力……それにその青髪は？」

目を白黒させるマルコム。

青の髪？　といえば、日本人だった頃の俺の髪色だ。戻ったのだろうか？

生まれつきファンタジーな色の髪をしていた俺は、当然ながら好奇の目に晒されて生きてきた。

とはいえこっちに来たら青髪なんて珍しくもないから、俺は生まれる場所を間違えたのかもしれないな。

「お前……ッ！」

何かを察したように男が逃げ出す。

まだまだ優勢のはずなのになぜ逃げる。

「待てよ」

風の刃が男を捉え、片足が切断される。

それでも男は逃げるのをやめず、飛翔による脱兎《だっと》の如き逃げ足で遂に遺跡から姿を消した。

切られた片足が残されている。

トカゲの尻尾のようだ。

「先輩、無事ですか？」

脅威が去り、静まり返る遺跡。

俺は横で膝をつくマルコムに駆け寄る。

「あ、ああ。お前は無事じゃないように見えたんだが」

この通り、傷一つないです。

腕や足を見せるも、綺麗な白い肌だけが晒されただけ。

「……」

マルコムは一瞬だけ思考が止まっていたが、ハッとなりロイド族の子供たちの元へと駆け寄った。

「おい、大丈夫か？　……寝てるだけか？」

連れ去られた子供たちは一人を除いて全員が無傷。

男が消えたからか全員が昏睡《こんすい》状態から脱し始めており、マルコムに抱きついたり、泣いたり、怯《おび》えたりと様々な反応を見せている――が、一人の男の子だけ腕の傷が酷く、そこから大量の魔力が流れ出ていた。

マルコムは自分のシャツを破り傷口に巻くが、魔力は変わらぬ勢いで漏れ出している。

「お、おい、魔力の流出を止めるのはどうすればいいんだ！」

「魔力で体を形成している種族であるなら、魔力を使って塞ぐしか方法がないのでは？」

幸いなことに痛みのためか少年は気を失っているが、治療を急がなければ危険だ。

「急いで里に戻るぞ。きっと方法がわかるはずだ」

「はい！」

恐らく子供は大人よりも魔力量は少ない。

同じような傷でも恐らく死ぬのが早いのは子供。

急げ――

里に着いた俺たちを、ロイド族が祝福する。

無傷の子供たちは泣きながら家族の元へと駆けてゆき、両親は涙を流しながら彼らを抱きしめた。

里中に笑顔が戻った。

しかし、未だその表情はどこか暗い。

負傷者に縋《すが》り付いて泣いている者も見られた。

「おお、全員無事か？　よくぞ、よくぞ戻ってきてくれた」

負傷者が寝かせられている一角。建物へ寄りかかるようにして座った長老の姿があった。

衰弱しきった顔で無理に笑顔を作っている。

その足からは未だ止めどなく魔力が流れ出ており、腕を失った者に比べても明らかに量が膨大だ。

俺は最悪の事態を想像する。

「長老、傷の手当てはどうすれば？」

鬼気迫る様子で詰め寄るマルコムに、長老は諦めたように首を振った。

「本来であれば何てことのない傷じゃ。たとえ切断されても、魔力さえあれば元に戻るはずなんじゃ」

長老は、今はない膝から先を見つめながら語り出だす。

「黒の獣の牙、爪には何らかの毒が含まれていたようじゃ」

「ど、く、？」

マルコムは長老が何を語ろうとしているのか、すでにわかったようだった。

マルコムは膝を折り、辺り一面に横たわる負傷したロイド族と、その傷口から漏れ出す魔力に視線を向けている。

「何らかの毒が、我らの傷口が塞がるのを妨げておるようじゃ。恐らく負傷した者でも、大きな傷を負った者はもう――」

一難去って笑顔を見せる我が子を涙ながらに撫でる母の腕はなく、サネアの雫を乾杯する男たちの背中に大きな裂傷が刻まれている。

皆、死の覚悟ができている。

およそ里の半数以上は怪我人だ。

「何か、何か手段は……」

人だって怪我すればカサブタができて血が止まる。

植物だって折れても組織が生きていれば枯れない。

まるでヒルに吸われた傷跡みたいだ。

「……」

目の前で力なく横たわる長老。

歯型のついた傷口から煙のように抜けてゆく魔力。

無意識だった。

俺は自分の手を、長老の足にのせていた。

「クラフト？」

「え？」

怪訝な表情のマルコムに呼ばれてハッと気がつき、長老の足から手を離す――が、ほどなくして長老に変化が現れた。

紫色の煙が一瞬、立ち昇ったと思えば、次の瞬間には彼の足の傷が塞がっていた。

「なに⁉」

足からはもう魔力は漏れていない。

それどころか、徐々に足が元通りになってゆく。

「お主……」

「お前……」

二人は驚愕《きょうがく》の表情を浮かべた。

今腕を動かしたのは多分俺じゃなくて……いや、こんなこと考えてる場合じゃない。

「長老、傷が治らないのは全部で何名ですか？」

俺の言葉に、長老の目が見開かれた。

「治せる、のじゃな。現に治っておる」

ざわついていた里中がシンと静まり返る。

絶望に包まれた里に、希望が生まれた。

しかし、相手は〝人間を恨む種族〟。

説得に時間がかかりそうだ。

時間が惜しい、強行突破するか――？

怪我人の中には未だ人族を恨む者も多いだろう……しかし、困惑する民たちを押しのけ、俺の前にどかりと座った者がいた。

ポリーナの父親だった。

腕に大きな傷がある。

「信じる」

決意のこもったその言葉を受け、俺は包み込むように傷口に手をのせた。

これで全員……本当に多かったな。

傷口を触って回るだけの作業だが、数が数だ。終わる頃には、夕焼け空が広がっていた。

軽傷だった者はもちろん、重傷の者の傷も塞がっている。一番重傷だった長老の傷が治ったから、心配はしていなかった。

あの王様にもらった能力が関係しているのか。

再生の力？　治癒？　巻き戻し？

試しに破損した建物を触ってみるが別段変化は見られなかった。

傷の回復――という能力とも違う。

感覚的には〝ヒルの分泌液〟という悪さする要素だけを切り取ったみたいな、そんな感覚。

王様、説明書もくれよ。

「英雄だよ、お前は」

活気立つ里の風景を眺めながら、マルコムは嬉しそうにそう言った。

「先輩が行方不明者を助けると、強い意志で向かった結果ですよ」

「とんでもねえ。俺は何も、できなかった」

表情を暗くするマルコム。

クラフトと同じくらい正義感の強い彼だから、今回長老たちの命を助けられない無力感で、かなり精神が擦り減ってしまったようだ。

「先輩がこの場にいてくれなければ、多分最初の波状攻撃で死人が出てます」

このフォローが少しでも彼の傷を癒してくれるといいが、マルコムはただ押し黙ったまま、里の復興に精を出すロイド族を眺めていた。

第五章　古の種族・後編

「隣、いいかね？」

サネアの雫を飲みながら、長老が俺たちの横へと腰かける。

確かサネアの雫には魔力回復の効果があるんだったな——そのお陰か、長老もすっかり元気そうだ。

顔色も元に戻り、足も元通り。

部位欠損が即座に治るというのは勝手が良いな。魔力さえあれば実質、外傷に限って不死なのだから。

里の復興作業に精を出すロイド族。

手伝おうとしたが全力で止められてしまい、今は俺たち二人と長老が、その風景を眺めながら並んで座っている。

長老はコップの雫を飲み干すと、腹の空気を全て吐き出すが如く息を吐く。

何かを決意した瞳が光る。

「皆、聞いてくれ！」

ロイド族の里に長老の声が響き渡る。

里中がシンと静まり返る。

「我らは永きにわたり、過去の歴史に縛られ、人族に恨みを抱き、隠れ、暮らしてきた」

皆、長老の言葉を聞いている。

「その結果がこれじゃ。将来を担う子供たちは攫われ、何も対処できず、今回の襲撃で里は確実に滅んでおった」

長老は俺たち二人に視線を向けた。

「クラフト・グリーン。マルコム・ボレノス。彼らは自らの危険を顧みず、そこには義務もなく、しかし我らの誰よりも勇敢に戦い、子供たちを救ってくれた！　不治の傷を癒してくれた！　我らは人族に助けられた！」

ロイド族が立ち上がる。

長老の声に一層熱がこもる。

「我らの英雄じゃ！」

誰にも必要とされてこなかったクラフト。

しかし今は、彼を讃《たた》える者たちが大勢いる。

お前、人生に絶望してたよな。

見てるか？　この景色を。

雄叫《おたけ》びにも似た歓声が響き渡り、戦士たちは剣を天高く突き上げた。俺は前世含めた人生において、全く未体験なこの状況を、ただただ見つめ続けた。

瞳に刻み込むように。

忘れないように。

「ソウマの儀？　ですか？」

俺は思わず聞き返した。

長老の言葉を皮切りに、復興作業もそこそこに宴《うたげ》が始まったロイド族の里。

俺、長老、マルコムと並んで座るその前には、たくさんの料理やサネアの雫の入った木のジョッキが並んでいる。

「ロイド族に伝わる魔力譲渡の秘儀じゃよ。それをお主らに施そうと、里の皆で決めたんじゃ」

「「え？」」

長老の言葉に、俺とマルコムは声を出して驚いた。

人族がロイド族を捕らえ、その後滅ぼす原因となった秘術。

それを人族である俺たちに？

「これくらいせんと皆気が済まないと言っておるよ」

「いや、ええと、でも……」

確かに、何物にも代えがたいほど魅力的な提案だった。しかし、過去の人族の悪行が頭を過《よ》ぎったのか、マルコムは口ごもっている。

「我らはかつての悲劇に囚われ、前に進む道を閉ざした種族。しがらみは根深く、今更人里に下りるわけにもいかないが——命を張って里を守り、子供たちを救った英雄たちに恩義を尽くさずして何が誇りか！」

「ま、まあまあ長老。落ち着いて」

周りにいるロイド族が長老をなだめる。

またあの演説が始まるところだった。

そしてこの場に、俺たちを仇《かたき》として見る者はもういない。

「お主らの勇敢な魂に、我らの魔力《誇り》を託したい」

俺たちは押し黙っている。

事実、謎の覚醒がなければあの時確実に死んでいた。

俺たちは長い長い階段をやっと上り始めたばかりの未熟者だ。


力が欲しい。

俺たちが大きく頷くと、長老は満足そうに目を伏せ「しかと受け取った」と答えた。

場所は変わって、俺たちは今、大樹――サネアの根元に設置された石の祭壇らしき場所に座っている。

里中のロイド族が集まり、長老も男たちも女たちも、皆が何かしらの呪文を唱え大樹に祈りを捧げている。

「送魔の儀はロイド族に伝わる神聖な儀式。生まれた子供に魔力を送る儀式でもあり、大樹サネアに魔力を送る儀式でもある。魔力とは力の源、生命力の塊じゃ。サネアはその見返りとして雫や果物、そして結界を維持してくれるだけの魔力を蓄える」

長老が淡々と語る。

守り神みたいなものか。

彼らの魔力を生贄《いけにえ》的に捧げることで、サネアの大樹も生きながらえていけるんだろう。

長老の体から光の塊がフワリと浮いた。

あれが――魔力の塊？

長老から出た魔力の塊はフワリフワリと宙を漂い、俺とマルコムの体の中へと入ってゆく。

「クラフト」

マルコムが胸を押さえる。

「はい。わかります」

体の中に魔力が溢れる感覚。

妙な感覚だ。少しだけ息苦しい。

他のロイド族からも次々に魔力が浮かんでくる。

そしてそれは祭壇の方へと移動し、俺たちの体の中へと取り込まれていく。

体の中の〝魔力貯蔵庫〟的な部分が溢れていく感覚と、その貯蔵庫自体が拡張されていく感覚。

決して楽しいものではない。例えるなら、両手で臓器をぐいと広げられているような、強烈な痛みすらある。

息苦しさは、魔力の塊が入ってくるたびに増してゆき、俺は思わず手をついた。

見ればマルコムも肩で息をしている。

かなりの量の脂汗をかいているのが見える。

胸の中で風船が限界まで膨らむような痛み、息苦しさ、酔い。

や、ばい。意識、が、

気がつくと、俺は寝室に寝かされていた。

酷かった胸の痛みは治まっている。

送魔の儀は終わったのだろうか?

窓から外を見てみれば、儀式は夜だったと記憶していたがすでに明るい。陽《ひ》の光が煌々《こうこう》と部屋の床を照らしている。

「おはようございます。朝食、ここに用意しておきますね」

「え、あ、はい」

起きている俺に気づいたロイド族は、運び終えた料理の並ぶ机を指差し、ニコリと笑顔を見せた。

焼き魚の香ばしい匂いがヨダレを誘発させる。

やけにうまそうだ。薄味なのはわかっているはずなのに。

そのまま俺は操られるように席に着き、三人分はあろうかという量の料理に手を付ける。

いただきます。

「！　おいしい」

なんだ、これ。

見た感じは普通の料理なのに……？

「それは良かったです。食事が終わりましたら、この間と同じように、サネアの根元へいらしてください」

そう言って、ロイド族の女性はお辞儀をした後、部屋から出ていった。

なるほど、そうか。

異常なほど腹ペコなんだ、今。

空腹は最高のスパイスとはよく言ったものだ。

俺は無言で食べ続ける。

特別な味付けもない米と魚なのに、こんなにも体に染みるのか。それに、食べても食べても腹が膨らまないし。

「何でこんな腹減ってるんだろ」

と言いつつも、原因はほぼ決まってる。

送魔の儀の影響としか思えない。

空腹もそうだが、他に自分の体の魔力総量が大幅に増えているのがわかる。

さすがはロイド族の秘術、といったところか。

俺はそのまま三人前の食事を平らげ、支度を済ませてサネアの根元へと向かった。

「来たか。待っておったぞ」

「すみません、おはようございます」

そこにいた長老と、複数名の若いロイド族へと挨拶を済ませる。

何だろう、この雰囲気。

全員で分厚い結界を囲んでおり、中を見ることはできない。

結界が砕けたように消える。

「お。やっと起きたな」

「え？　何してるんです？」

見ればそこにはマルコムが立っていた。

両手に黒色の剣を出している。

そしてマルコムの正面には、片膝をつきながら険しい表情のロイド族の若者の姿もある。

何してるんだ。稽古？

「先に起きたマルコム君に取り組んでもらっている鍛錬に、クラフト君も参加してもらおうと思っておる」

「鍛錬、ですか？」

などと聞き返しつつも、俺の意識がマルコムに向きっぱなしであることに気づく。

ひと回りもふた回りも魔力が濃くなってるからだ。滲み出ている魔力を見ただけでわかった。

明らかに強くなっている。

「魔力、ものすごい上がってるぞ。俺よりも長く寝てたから、入った量はきっとクラフトの方が多いはずだ」

「長くって……今何時くらいなんです？」

息を切らす若者に対し、マルコムは涼しげな表情で太陽の位置を確認し、「ちょうど一二時くらいじゃないか？」と答える。

夜から昼まで寝てたのか。

確かに長々と寝すぎたな……などと考える俺を見て、マルコムは少し愉快そうに笑みを浮かべる。

「まあ、一二時といっても、送魔の儀式から三日経ってるけどな」

「え!?」

マルコムの言葉に、長老含めた周りのロイド族たちからも笑いが起こる。

異常な空腹にも理由がつく。

「ええと、すみません」

「ほっほ。まぁ無理もない。お主らには儂ら全員の魔力を限界まで押し込んだんじゃから、それを馴染《なじ》ませるために体が睡眠を欲したのじゃろう」

三日、三日か。

依頼期限まではまだ余裕があるな、良かった。

「それで、鍛錬というのは?」

「特別なことは何もせんでいい。魔力を体に馴染ませるのが目的じゃ。ただ我らと手合わせして、実際に体と魔力を動かしてもらえればと思っとる」

試しに風を作ってみる——が、

「あれ?」

できたのは、まるで木枯らしのような風。

魔力がほんのちょっとしか出てこない。

壊れたジョウロの先っぽのようだ。

「お主は今無意識的に魔力を抑えている。限界まで詰め込まれた魔力を、体が逃すまい逃すまいと踏ん張っている証拠なんじゃが――」

と、言いながら、長老が魔力を纏う。

空気が張り詰めるほどの膨大な魔力。

しかし不思議と俺の体に変化がない。

以前までは魔力に当てられて硬直・緊張・汗・震えなどの状態に陥っていたのに。

麻の服を着ていた長老は、いつの間にか、白く長いマントのような物を纏っていた。

ただ放出されていただけの魔力が、体ないしあのマントにピッタリと定着しているように見える。

この魔法は――

「まず最初に、今からそれを儂が外す。クラフト君にはそれの制御をやってほしい」

長老の背中に紋様が現れた。

不思議なマークだ。説明しづらい。

しかし、妙な既視感がある。

マルコムが声をかけてくる。

「外に漏れ出す魔力を体の周りに固定させるんだ。魔力コントロールは俺以上に上手だし、きっとうまくいく」

頑張れ。と、マルコム。

頑張りますとも。強くなるためだ。

「行くぞ！」を合図に、長老の手が俺の頭に触れた瞬間――外れた。それがわかった。

「ぬぅ!?」

「お！」

突如、俺を中心とする暴風が吹き荒れる。

目に見えるほどの濃い魔力が溢れ出た。

止まらない。放出が。

汚い例えだが、全身から放尿してるような気分。

「まさか、これほどとはッ」

「皆、魔力に当てられるぞ！」

周囲のロイド族がバタバタと倒れてゆく。

長老の周りに立っていた若者たちも全員倒れ、長老も苦しそうに片膝を地面につけた。

ただ一人、マルコムは期待するような視線を向けてくる。

解放されてわかる――この全能感。

面白いほど力が溢れてくる感覚。

今なら何でもできそうな気がする。

「落ち着け、落ち着け」

目を閉じ、自分に言い聞かせる。
いや、力に酔ってはいけない。
これは自分の本当の力ではない。
ロイド族の皆に授かった誇りだ。
制御できて初めて俺の力になってくれる。
そう自分に言い聞かせる。
「イメージだ、イメージを固めろ」
ない頭で考えたイメージ。
自分の体を包む繭のように定着させる。
抜けていく魔力も全て押さえつける。
穏やかに、穏やかに、心を落ち着かせる。
周りからは「え……？」と、動揺したような声が上がっている。
目を開ける。

「うん」

もう大丈夫だ。制御できた。

あとは出力の調整か。

先ほどやったように木枯らしを作ってみる。

念のため発生場所は上空っと――

「わっ！　とと……」

突如、周囲の木々の葉が舞い上がる。

それらは力強く空へと飛んでゆき、その数秒後、嵐の時の雨みたく、大量の葉が里へと降ってきた。

いつもならそよ風を操る程度の出力でも、建物が吹き飛ぶレベルの突風になってしまう……

自分の最大出力が今の自分の最小出力になったような感覚だ。

このまま最大出力の風を作ったらいったいどれほどのパワーが出るのか、考えただけでも恐ろしい。

「お、驚きじゃ。これほどの魔力を体に取り込んでおきながら、二人共が簡単に制御できるようになるとは……」

魔力の制御をマスターした俺を見て目を丸くする長老。マルコムも制御できたのか。

「魔力制御の方は何とか。ただ、力の調整が全然できてません」

「うむ。ならばマルコム君が行っているように、次は威力の調整などを実践形式で体に染み込ませるんじゃ」

「ええと、でも周りへの被害が出ないとも限りませんし……」

「その点は心配いらんよ。ほれ――」

長老が指差す先に、強力な結界が生み出された。

さっきマルコムが入っていたそれだ。

長老は大樹を見上げながら嬉しそうに語る。

「サネアの大樹がお主らの鍛錬に協力してくれとる証拠じゃ。サネアの大樹に認められた人族は、お主らが初めてじゃな」

ロイド族が祀《まつ》る大樹に認められた。

期待に応えられるように精進せねば。

こうなったらもう実践で慣れるしかないけど――と、周りを見渡すと、待機していた若者が我先にと手を挙げた。


爆睡から目覚めた日から三日経った。

「やるな、負けたよ」

カラン……と、地面に弾む黒い剣。

これ何戦目だ？　もう覚えてないな。

「久々に勝った気がします」

風の刃を解き、マルコムを立たせる。

周りにいたロイド族がワァっと盛り上がり、若いロイド族が俺を取り囲んだ。

すっかり見世物のようになった俺たちの鍛錬は、魔力操作を意識しながらの剣術限定模擬戦へと移行していた。

「剣術の才能もあるな。すぐに追い抜かれそうだ」

「いや、まだまだ先輩の背中は見えません」

魔法の出力調整が終わり、依頼期限までまだまだあるということで、引き続き恵まれた環境での鍛錬を続ける俺たち。

しかし、ロイド族はどうやら魔法の知識は豊富でも剣術の知識には疎いようで、最初は相手をしてくれていた若者たちも、今では俺とマルコムの一騎打ちを見物するだけの存在となっていた。

魔闘士の剣術は当然の如く魔力も使う。

体に魔力を纏わせ、動きを補助するのだ。

これは、次の鍛錬の助けになると長老が提案したもので、俺は三日前からマルコムに剣術のイロハを教わりだした。

俺が属性の有用性を解く前までは、黒剣のみで戦ってきたマルコム。それしかなかったが故に、鍛錬を重ね磨かれた剣術は相当なもので、最初のうちは全く歯が立たなかった。

基礎を教わり、何度も反復練習を繰り返し、模擬戦を繰り返し、やっと摑めてきた剣術の心得――そんなマルコムの剣術指南も、今日で終わる。

「目覚ましい上達じゃな。魔力だけでなく、器の体も並外れておる」

傍観していた長老が歩み寄ってくる。

「これなら次に教える魔法も習得できるかもしれんな」

次の鍛錬に移るようだ。

「強き者が皆使える魔法にして、偉大な魔闘士になるための第一歩。そんな魔法じゃ」

そう言って長老は膨大な魔力を放出させる。

鍛錬を積んだ俺たちは冷静に言葉を待つ。

長老の魔力がギュッと凝縮されたかと思うと――次の瞬間には白のマントとなり、淡い光を放ちながらその身に纏った。

「魔闘士の奥義たる〝魔装〟じゃ」

「魔装……」

その魔法を、クラフトは知っていた。

魔力の才能に恵まれた者が、鍛錬を重ねた末に扱うことができるという〝魔法を装備する〟魔法だ。

『わざわざ追いかけてきた刺客だからどんなもんかと思っていたが……まさか〝魔紋〟どころか〝魔装〟も使えないとはな』

あの男の言っていた魔法。

強き者が皆使える魔法――裏を返せば、この魔法を会得しなければ、強き者たちに肩を並べることはできない。

心がざわつく。

「して、これが――」

更に魔力は濃くなり、背中に紋様が現れる。

「〝魔紋〟じゃ。まあ、さっきも見せたがの」

紋様を囲うように二重の円形の光が浮かんでおり、よく見ればその円は、楔形《くさびがた》文字に似た文字が形作るものだとわかる。

楔形文字は内側が右回り、外側が左回りに回っており、長老の白色の瞳と同じ色に輝いていた。

「お主らなら魔装・魔紋を会得することができると思っておる」

「……それぞれどんな魔法なのか、教えてもらえますか？」

マルコムも興味深そうに話を聞いている。

「まず魔装は、込めた魔力を常に体に帯びる魔法じゃ。これによる大きな恩恵として〝次からの魔法に纏った魔装分の魔力が上乗せされる〟というのがある」

何だそのデタラメな魔法。

元々体の中に一〇〇の魔力があったとして、魔装に九〇を使ったとすると、次の魔法を一の魔力で放っても、威力的には九一になるということだろうか？

使える者と使えない者では、まるで天と地ほどの差が生まれる。

「これが儂なりにまとめた魔装の理論じゃよ」

手渡された分厚い羊皮紙の束に、魔装展開までの理論がまとめられている。

一から理解しようとなれば、かなりの時間を要する量。ただ俺の体は優等生クラフトの体だ。

パラパラとめくり、文書を頭に入れてゆく。

「なるほど」

難しいが、だいたい理解できた。

魔装も魔紋も魔法詠唱を必要としない魔法。

一定水準の身体能力、魔力量、技量が必須で、逆に詠唱を必要としないから術者の魔力制御能力が大きな鍵となる。

「魔装……」

俯くマルコムは、開いた手を力強く握る。

「他にも恩恵はあるんじゃが、魔法を纏うことによる防御能力の向上や身体能力の向上も期待できる。体に内包する魔力の量が多ければ多いほど、そしてそれを完全に扱えるだけの魔力操作能力があればあるほど、極まった魔装を扱うことができるんじゃよ」

恐ろしい魔法だ……そして、それを纏った長老の足を奪ったあの男、俺たちよりも圧倒的に格上の存在だったことは明白。

命があっただけ本当に奇跡だ。

「そして魔紋じゃが、儂のは少し特殊でのぉ。長老になった者はすべからく、先祖代々伝わるこの魔紋を与えられる」

長老は背中を見せ、続ける。

「魔紋には、他の魔法とは根本から違った特性が現れる。例えば大きな怪我を瞬時に癒す力や、遠くの場所まで一瞬のうちに移動する力など多種多様じゃ」

要するに、

魔装は基礎能力の底上げ。

魔紋は超能力の発現か。

「魔紋を大きく分けると七つの性質に当てはめることができるんじゃ。見分けるには、魔紋の形でわかる。それぞれの特性じゃが――」

要約するとこうなる。

✣ **十文字になっている（※魔紋の形）**――体力の回復・魔力の回復・欠損部分の回復、また結界魔法が大幅に強化されるなど（※特性）。

✣ **獣のような形**――契約を交わした霊獣の力を得る。あるいは霊獣を召喚し、使役する。ある程度の魔法を弾くことができ、身体能力が格段に上がる。霊獣の魂を取り込むため、術者は外部的特徴が永続的に変化する場合がある。

✥ 武器の形に依存――魔力で武器を生み出す。霊獣系ほどではないが身体能力が上がり、武器に備わっている特殊な攻撃が使える。破壊されない限り魔力は体に戻る。

✥ 卍《まんじ》――魔法の封印、魔装の封印、魔紋の封印、身体機能の封印。

✥ 丸印――洞察力の強化、敵の動きを何手か先まで読んだり、集まる魔力を読んで次の魔法を先読みしたり、誰がどこに何人いるのかなども知ることができる。

✥ 逆三角形――魔装で得られる魔力量を底上げし、発動される魔法も大幅に強化される。

✥ それらに当てはまらない形――それ以外の能力。

魔装を極めれば魔紋が自然に浮かぶという。そして魔紋の能力は、その人の性格や才能に大きく左右されるようだ。

「里を襲撃した獣も魔紋によるものじゃろう。魔紋の力で発動する魔法は、その全てが強力で唯一無二の魔法。魔闘士たちの奥の手になることは間違いないのう」

そう言って、魔紋の説明を終える長老。

その後、アドバイスを付け加えてくれる。

「魔装の方は、お主らにならすぐにでも使えると儂は考えておる。やり方は、儂がお主らに施した時のことを思い出してみるんじゃ」

「魔力が解放された時の、ですか？」

「そうじゃ。今度はそれを自発的に行うんじゃ。自分の持てる魔力を全て込める気持ちで魔力を解放し、体に纏う形を想像する。このように、マントや外套《がいとう》なら想像しやすい。そして維持の仕方は、剣術の鍛錬で培った感覚を頼ると良い」

長老のアドバイスを受け、俺とマルコムは結界の中で目を閉じる――が、

「ッ！」

「グッ！」

練った魔力を外套の形に押し込む過程で、空気を圧縮する要領で魔力の反発力が上がるため、魔力が弾けて魔装にならない。

結界が解け、倦怠《けんたい》感が体を襲う。

魔装失敗により弾けた魔力は戻らないのか。

今のでどれだけの魔力が消えた？

半分か？　それとも四分の三か？

膝を突く俺たちに、長老が厳しい口調で告げる。

「半分の魔力を魔装にあてて、魔力が尽きたらサネアの雫を飲み、概ね一日四回を目安に鍛錬を積むと良い」

「長老、俺たちはいつまでもここにいられるわけじゃないんだ」

「なに、人族の国へ帰っても鍛錬は続けられるじゃろ――とはいえ、サネアの雫による魔力増強と強力な結界のあるこの里は、修業の場として最適とは思うがのう」

精進せよ英雄たちよ、と、長老は愉快そうに自室へと消えた。

「帰るまでに魔装は会得しておきたいな」

額の汗を拭いながら言うマルコム。

置いてあるサネアの雫を飲み、倦怠感が薄らぐのを感じながら、俺も無言で頷いた。


魔装の修業を始めてから三日目の朝。

十分に魔力が回復したのを見計らい、俺とマルコムは隣同士にあぐらをかき、集中する。

「なあ、クラフト」

「はい。何ですか」

横並びのまま、集中する俺たち。

マルコムの魔力が膨らんでゆくのを感じる。

「ここまで俺が来られたのは、お前のお陰だ」

いきなりどうしたんだ。

片目を開け、彼を見る。

マルコムの体にまとわりつくかのように、黒の魔力が集まっているのが見える。

それらは徐々に徐々に形を成してゆく。

「感謝してる。俺は死ぬまで、クラフト・グリーンの良き友人であり続けることを誓う」

「俺も。俺も誓いますよ」

再び目を閉じ、集中力を高めてゆく。

体の全ての魔力を押し出した感覚。

それと同時に襲ってくる倦怠感。

周囲を漂う魔力を羽織るようにイメージする。

解放された直後のコントロールよりも簡単だった。

「できた、みたいだな」

横を見れば、マルコムが黒のマントを纏っているのが見えた。

瞳はうっすらと黒の光を放っており、背中には二重の円状に回転する楔形文字と、真ん中にポッカリと余白があった。

自分の体へと視線を戻せば、体を覆うような大きさの緑のマントがはためいている。

背中がどうなっているのか、自分ではわからない。

ガラスの割れるような音と共に結界が壊れ、俺たちの姿がロイド族に晒された。

「この魔力量――！」

「魔装定着してる！」

「式は浮かんでいるなぁ。でも紋がまだ出てきてない」

ざわつくロイド族。

長老が満足そうに近づいてくる。

「もはやお主らにとって難しい魔法でもなかったか。恐れ入るのお、まったく」

それに対して「三日かかりましたけどね」と答えると、「三カ月かかっても理論を理解できない者すらおる」と返ってくる。

長老はそのまま俺たちの背中を見て、

「魔紋はまだ発現しておらんが、魔法式はすでに現れておる」

と言った。

「魔法式……って、あのくるくる回ってるやつですか？」

俺はマルコムの背中を指差す。

「そうじゃ。式が浮かんでいるということは、すでに魔紋発現までの最低条件は満たしているということじゃ。あとはお主らの心の形・信念に反応して紋様が現れるじゃろう」

心の形と信念、かぁ……。

この場合、俺の信念《中身》になるのか、それともクラフトの信念《外身》になるのか、どっちだろう。

俺の信念ということになれば、それはクラフトを最も偉大な魔闘士に育て上げること。家族もいじめっ子も英雄候補も全員超えて、二度と彼を侮辱できないほどの差をつけることだ。

俺には明確な信念がある。

しかし魔紋が現れないとなれば恐らく……。

「クラフト。残りの日にち全部使って、魔紋まで体に叩き込むぞ」

自分の紋様を見るのを諦めたのか、マルコムはサネアの雫をグイと飲み干した。

俺たちはギルドマスター公認の任務に就いている。いわば、ギルドマスター公認の公休みたいな状態だ。これを利用しない手はない。

「心の形、信念は常に胸の奥底にあるもの。それを見つけ出し、認識した先に魔紋はある」

長老の言葉を受け、俺たちはその場にあぐらをかく。

自分の信念を見つけ出す、か。

魔力操作よりも断然難しいな。

目を瞑っても、そこにあるのは闇ばかり。

魔紋を習得するには俺自身を知るのではなく、クラフト自身を深く知る必要があるのかもしれない。

魔紋の修業を始めて二日目の夜だった。

俺たちはぶっ通しで修業用の結界の中、己の〝信念〟を探っていた。

「！　先輩」

「やっぱりか？　俺も感じた」

俺たちの様子の変化を見て、修業を見守っていた長老たちが声をかけてくる。

「何か掴めたかの？」

「いえ、長老。奴が来ました」

「ッ!?」

限りなく遠くにあったその気配は、恐ろしい速さで近づいてきている。およそ数千もの大群と、大きな三つの気配。そしてそのうち一つの上に乗る、凶悪な魔力の気配。

この感じは間違いない。

あの男だ。

完全に滅ぼしに来たのか。

「皆、建物に隠れてください！　戦える人は俺たちの近くへ！」

素早く指示を飛ばすと、それよりも先に、若いロイド族が女性・老人・子供を誘導し始めていた。

残っているのは数十名の男のロイド族と、長老、そして俺とマルコムだ。

奴との距離が更に縮む。

奴の暴力的なまでの魔力が、まるで俺たちを押し潰そうとするかの如くのしかかる。

「ッ⁉」

「こ、れは……！」

強者の重圧。それに殺気。

当てられたロイド族の半数以上が膝を折る——が、不思議と俺は何ともなかった。

魔力の絶対量が増えたから、だろうか？

森の奥から声がする。

「よお、久しぶりだな。傷が癒えるまで随分な時間を食われたぜ」

奴から放たれる殺気に空気が震える。

「お主か。我らの里を襲撃した獣の飼い主は」

「おーおー、襲われたにしてはやけに……いや？　誰も死んでねえ、のか？」

男の声に、動揺が混じる。

しかしすぐにその理由を察したようだ。

「……お前だな？」

男の殺気が俺に向けられる。

体調の変化はない。耐えられてる。

「俺たちにとってお前のその力は危険だ。予定を変えて、ここで排除させてもらう」

里の周囲全てを埋め尽くすほどの黒の獣がジリジリと進んできており、男がまたがる獅子のような個体も動き出す。

「お前ら喜べ。あいつを差し出せば、全員の命は助けてやるよ」

「ぬかせ！」

男の言葉に激昂《げきこう》した長老が前に出た。

「彼らは里の英雄。その決断により、たとえロイド族がこの日で滅びようとも、彼らを差し出すことはないわい！」

周りのロイド族が同調し雄叫びを上げた。

本当に誇り高い種族だ。

もちろん、この日で滅させるわけにはいかない。

マルコムを見ると、すでにその瞳が獣のように男を捉えていることに気づく。

「いきます」

「右に同じく」

二つの巨大な魔力の塊が里を包み込む。

俺とマルコムを中心とした二重の円。

解き放たれた魔力が集結し、形を成す。

緑のマントが揺れる。

「ッ!?」

男の表情が明らかに変わったのがわかった。

「残り三匹と一人、だな」

隣に立つマルコムの黒のマントがはためくと、里を取り囲んでいた夥《おびただ》しい数の獣の体に黒の棘《とげ》が生えた。

その全てが塵となり消えてゆくのを、男はあり得ないものを見たかのように、ただ呆然と眺めていた。

そして――

「貴様ら……人族なんぞに魔力譲渡したのかッ⁉　なぜ我らと手を結ばないんだ‼　忌むべき対象として我らと共に滅ぼせば良かったものを‼」

憎しみを刻んだ顔で吼える。

「お主ら魔族となぞ死んでも手を組むものか。それに――我らの英雄に懸けてみたくての」

長老は落ち着いた様子でそれに答えた。

激昂した男が獅子と共に駆けてくる。

以前は手も足も出なかった化け物。

今俺たちはどのくらいの位置にいる？

この男との距離はどのくらいだ？

魔力を濃縮させた一陣の風が吹く。

三頭の獅子の頭がズレた。

「なッ……ぐぅッ⁉」

乗り物が塵となったはずみで投げ出された男は、無様に転がり俺の足元で仰向けになる。

右手に風を集め、小さな竜巻を作った。

怯える男を見下ろす。

「お前ッ！　お前は、何だ！　なぜ生きているんだ!!」

青白い顔と、独特な魔力。

俺は殺せるのか？　この男を。

魔物や動物と違う、人型の生物。

「お前を逃がしても、また復讐《ふくしゅう》に来るよな」

現に今回の襲撃はその結果だ。

痛い目を見ても本質は変わらない、か。

俺の意思は、揺るぎないものとなる。

「参った！　降参す――」

俺は、右手の竜巻を押し込んだ。

迷いは弱さだ。捨てなければならない。

男の体は一瞬のうちに細切りとなり、その場には赤色の竜巻だけが残っていた。

ギルド掲示時間最終日――約束の日にちになっても、俺たちは魔紋を習得するには至っていない。しかし、学校がある以上、この地に留まることはできない。

長老曰く、この短期間で魔装を会得できただけでも飛び級クラスの才能らしい。クラフトのポテンシャル様々だ。

「先輩、そろそろ」

「あと少し。もう少しやってみる」

マルコムは何かに囚われたかのように、魔紋の修業をギリギリまで続けている。

あの男との戦闘で思うところがあったのだろう。俺はマルコムの向上心や貪欲さは嫌いじゃない。出発準備が終わるまで、修業を続けさせてあげよう。

「英雄様、帰ってしまうのですか？」

ロイド族の中には俺たちを英雄様と呼び、神格化し始める者もいる。

男を直接的に排除したのも大きい。

里の脅威を完全に取り払ったことになるから。

悪い気はしないが、こそばゆい。

俺はやんわりとあしらいつつ、帰りの準備を進める。

「発《た》つのか。時の流れというものは、どうしてこうも早いのじゃろうか」

荷物をまとめる俺に、長老が声をかける。

「長々と居座ってしまって申し訳ないです」

「なあに、英雄様なら何日何年過ごしてもらっても、里の者は誰一人文句は言わんよ」

情に厚い種族だよ、ほんと。

グリーン家に見切りをつけたら、本気でしばらく居候させてもらおうかと思えるくらいに居心地がいい――けれど、俺たちの居場所はここじゃない。

向こうで成し遂げなきゃならないことがある。

「すまんが儂らの存在は、帰っても秘密にしてもらえるとありがたい。今回の件で人族にも素晴らしい者がいるのは証明されたのじゃが……」

「その点に関してはご心配なさらず。ロイド族のこと、加えて、あの男のこともギルドには黙っておこうと思います」

男のことを掘り下げられたらボロが出そうだから、遺跡の調査はまるっと異常なしと報告するつもりだ。

本来の目的は遺跡の調査なのに、ろくすっぽ調査してないのは職務怠慢も甚だしいが……まあ何とかなるだろ。

「それにしてもあの男……」

長老はあの男に対し〝魔族〟と言った。

魔族。

三闘戦争における勢力の一つ。

絶対的な力を持つ〝魔王〟を頂点においていた種族。残虐で、魔王への忠誠心が異様に高いことが特徴的とされる。

自分たち以外の全ての種族を滅ぼすことを目的とし、この世を魔族だけの世界に変えようと目論んだため他種族からの反感を買い、三闘戦争に発展したとされている。

知識、そして魔力量が高いことも特徴の一つだ。

戦争で滅んだとされていたが、わずかに生き残っていたのか？　あの強さがデフォルトなら相当まずい。

他の冒険者はわからないが、魔装を会得していない魔闘士学校の生徒は、恐らく手も足も出ずに殺されるだろう。

対策をしなければならない。

そんなこんなで支度が終わり、俺は長老と共に広場へと出る。

「先輩」

「わかったわかった」

俺たちが出てきたのを時間切れと悟ったのか、結界から出てきたマルコムは疲れ切ったように肩を落とした。

マルコムに荷物を渡すと、俺たちが帰るのを察したロイド族が集まってくる。

「たくさん世話になったのう。我らはこの恩を一生忘れないだろう」

「俺たちも皆と過ごした時間は絶対忘れない」

マルコムの言葉に、満足そうに頷く長老。

俺たちの体がふわりと浮くと、皆一斉に感謝の言葉を口にした。

「クラフト」

「はい？」

徐々に小さくなってゆく里を見下ろしながら、マルコムが呟くように言う。

「守ったんだな、俺たち。この里を、たくさんの命を」

「……はい」

今思えば、魔族に対し何の策もなく突撃した俺たちは命知らずにも程がある。けれど、あの時理性的ではなく、本能で動いたことに後悔はない。

「お前と出会えて俺の人生は大きく変わった。もちろん、いい意味でな」

そう言い、マルコムは上昇スピードを上げる。その目には光る物が見えた。

結界によりその姿を消すロイド族の里。

太古の昔に滅んだとされる伝説の種族。

人族の敵である魔族との死闘。

新たに手に入れた莫大な魔力。

魔装、そして魔紋への足がかり。

今日までのことがまるで夢の出来事のような実感のなさを感じながらも、俺たちは二週間にも及ぶ遺跡調査任務を遂行したのだった。

Side ???

同時刻、ガナルフェア遺跡。

「畜生、あの糞《くそ》がよぉ！」

抉れた腹部はほぼ再生不可能。

不幸中の幸いか、間一髪のところで黒の牙と入れ替わったのを、奴らはまだ気づいていない。

「痛え、痛えぞ糞ッ……」

魔族の再生能力を奪うあの小僧。

何としても消さねばなるまい。

あの野郎、しくじってやがったのか。

くそ、傷が疼《うず》く。力もかなり落ちたか。

〝魔王様〟に報告すべきか？

いや、俺如きの報告で動く方ではない。

あの野郎に勘付かれて先に消されるのがオチだ。奴を出し抜いて小僧を殺し、その証拠を魔王様に見せる――そうすれば上位魔族の枠に俺が座れる。

「奴の服に付けた黒い牙のかけらを追えば……」

奴の居場所がわかる。

糞みたいに分厚いあの国だとすれば侵入するのに骨が折れるが――それはヴールハイト様に頼めばどうとでもなるだろう。

傷がある程度癒えれば……殺せる。

「待ってろ、糞が。必ずその首、取ってやる」

裏切り者と共に殺してやる。

必ず。

第六章　本当の友達

二週間の任務を終え、ギルドへの報告を終えたその足で学校へと向かった俺たちは、学校へと向かう生徒の群れを見つけた。

ちょうど登校の時間と被ったようだ。

「っと、到着」

生徒たちから多少の注目を浴びながらの着地。

二週間の間に顔や体は傷だらけになったが、生活に支障が出るレベルの傷はない。

「力の制御に気をつけろよ？」

「もちろんです」

魔装を使えるかどうかで、少なくとも学生同士では、今後大きな差が生まれるだろう。

魔族との戦いで嫌というほど痛感した。

魔装を纏う者と、そうでない者が戦えば、間違いなく後者は蹂躙《じゅうりん》されるのだから。

「おい！」

誰かが俺たちを呼び止める。

振り向けばそこに愛《いと》しの弟《ケビン》の姿があった。

双子だけあってよく似た顔だ。

髪形以外、ほとんど俺と同じ見た目。

目付きは少し悪い。

「お前、今までどこをほっつき歩いてたんだ？」

実の兄にお前呼ばわりかよと、マルコムが不機嫌そうに悪態をつく。

ケビンはそんな声は聞こえていないらしく、眉間に皺を寄せ俺を睨んでいる。

俺たちの周りだけ大きく人が離れてゆく。

「すみません、連絡不足でした。ギルドの任務で遠出していて、今日帰ってきました」

「星一のお前が？　……どれほど遠くの薬草を採りに行ってたんだ？」

ケビンの言葉に、周りの生徒も苦笑する。

そうだ、里の皆が優しくて忘れていた。

俺は家族からも見放された落ちこぼれ。

それは学校の皆が認知する事実だったな。

「心配をおかけしました。今日から復帰します、すみません」

「お前はすべきことを考えて動けばいい。余計なことに時間を割くな。お母様もそう言ってるだろ？　なぜパ、パトリシア様と共にいないんだ」

ケビンは鼻の穴を膨らませながら辺りをキョロキョロし、パティを探す。

きっとパティは朝早くに登校するからこの時間はいない。彼女が好きなら合わせて登校すればいいのに。

まあいい……と、酷く残念そうに呟いたケビンは、隣に立つマルコムにも蔑むような視線を向けた後、学校へと足を進めた。

俺たちを避けていた人の群れは徐々にすぼまってゆく。

「お前の弟、強烈だな」

「先輩は一人っ子でしたよね。羨ましい」

「……そうだな。それだけ、落胆も大きかったろうな」

マルコムはどこか少し寂しそうにそう言い、歩き出す。

確かに、きょうだいの多い俺は期待を一身に背負うことはなく、英雄候補の腰巾着をしていれば許されていた。

先輩はきっとうちよりも、酷い扱いを受けていたのだろう。

「……」

複雑な気持ちを抱きながら、俺もその背中を追いかけた。


教室に現れた俺を見てクラスがざわつく。

「おい、死んだって聞いたぞ?」

「盗賊に攫われたって聞いてたわ」

「来てくれてちょっと嬉しい、かも？」

「あの二人に目を付けられてるのにねえ……」

「くく、的が来たぜ」

有象無象の声は無視に限る。

俺は澄まし顔で自分の席に腰かけた。

「クラフト君」

不意にかけられた声へ顔を向けると、そこには久々に見たパティが立っていた。

気のせいか、その表情はどこか寂しげに見える。

「え、はい？」

「久しぶり」

と、かすかに微笑む彼女。

俺は取り巻きをやめると心に誓ったのに、彼女の方からやたらと絡んでくるのはなぜだ。

数名の腰巾着が殺してやると言わんばかりに俺を睨みつけている。

ギルマスや魔族に比べたら屁《へ》でもないぜ！

本気の殺気はこうやるんだよ——ふん！

「ひッ!!」

数名が席から転げ落ちた。

「何？」

俺はもう、あなたには関与しませんよの気持ちを込めた営業スマイルを向ける。

「ええと……」

パティはオドオドと目を泳がせている。

こんな人間っぽい姿は初めて見るな。

「私も――」

「パトリシア様！　そろそろ授業始まりますよっ！」

がしり、と、パティのくびれに引っ付く形でナナハが現れた。

その目は明らかに笑っておらず、明確な敵意を俺へと向けている。

「……わかった」

半ば強引に連れていかれるパティ。

俺はそれを小さく手を振って見送った。


威圧が効いたのか、取り巻きたちに絡まれることもなく、俺は帰路につく。

ナナハとカイエンあたりが突っかかってくるかと思ったが、どうやら俺からパティに絡みに行かない限り干渉してこないようだ――などと考えている間に、愛しの我が家が見えてきた。

久しぶりの我が家。

もう俺の存在など忘れられてるかもしれない。

グリーン家の食卓の扉をくぐると、皆が一度俺を見た後、何事もなかったかのように食事を再開した。

相変わらずの居心地だ。

「あら、死んだと思って食事を用意していなかったわ。何か作っておやり」

肉を口に運びながら母がシェフに命じる。

三男《ナイル》は愉快そうに肩を震わせ、長女《ドロシー》は興味深そうに俺の顔を見ている。

簡単な料理が運ばれてくるのを、五男《ケビン》は鬱陶しそうに眺めていた。

「来週から魔闘祭の選手選考が始まります。皆、首尾は良いですね？」

母の言葉に俺以外が頷く。

明日が選手選考か、忘れてた。

魔闘祭は言うなれば学年別のトーナメント。

魔闘祭というのは本戦の名前で、母が言う選考というのは、本戦出場選手の選考ということになる。同じ学年の生徒と戦った戦績に応じて選考されるとかなんとか。

「私はあの三人と当たらなければ無敗で選手に残れる自信はあるわ」

ドロシーは不機嫌そうにスプーンでスープをくるくるさせ口を尖らせる。

「俺は間違いなく残れる。同学年はろくな生徒がいないからな」

自信満々でそう語るナイル。

二学年には強い生徒がいないのだろうか。

「僕も、唯一の不安要素であるパトリシア様にも負けることはないでしょう。彼女は今日、同学年の生徒に一本取られたそうですし」

ケビンの言葉に、母が反応する。

「英雄候補様を負かすほどの生徒なの？」

「いえ、聞いた限りは庶民の出の底辺生徒です」

パティが負けたのか。珍しいな。

普通に戦えば少なくとも同学年では敵なしだろう。そんな彼女が負けたとなれば、何か理由があったと考えるのが普通。

なぜ負けたのかが気になるが……ケビンじゃろくに詳細まで聞いてはこなかったろうな。

黙々と食事をとる俺は蚊帳《かや》の外で、母とケビンの会話がヒートアップしてゆく。

「英雄候補様も大したことないじゃない。一生徒に負けているようでは、英雄にはなれないわ」

「憧れていた自分が恥ずかしいです」

彼女が負けたという情報を得ただけで、なぜ自分でも勝てると思ってしまうのか。

無知とはどうしてこんなにも罪なのか。

聞いてるこっちが恥ずかしい。

自分の家族にほとほと呆れてしまう。

それに、勝手に期待されて勝手に失望されるパティは本当に浮かばれないな。変な肩書きを付けられたばかりに、可哀想だ。


「あれほど制御に気をつけろって言ってた自分がやってどうするんですか」

「久々だったからついな」

俺たちは今、学校の敷地内にある〝戦争想定訓練所〟に来ていた。

戦争想定訓練所とはその名の通り、戦争時のフィールドに合わせた訓練施設を指しており、森林・岩場・平原・町・廃村などなどがそのまま学校の敷地内に存在している。

馬鹿でかい敷地だからこそ可能な施設だ。

「せっかくギルドのお偉い様が来て森を再生してもらえたのに、一瞬で丸ハゲとは恐れ入りますよ」

夕食後、いつものようにマルコムと裏山で落ち合って修業を始めた直後、周囲の木々全てが黒の棘に変わってしまい、俺たちは急いで場所を移動してきたのだ。

「魔装込みだとあんなに広範囲になるんだな」

「笑ってる場合じゃないですよ」

また母とドロシーが怒るじゃん——などと考えながら、良い修業場所がないか探していた時だった。

「！」

付近で魔力が膨らんだのを感じた。

それもかなりの量だ。

俺たちは顔を見合わせる。

「先客がいるみたいだな」

「ですね」

好奇心に負けて魔力の方へと足を進めてゆくと、そこには大岩と対峙する形で魔力を練る、パティの姿があった。

「はあああぁッ!!」

お手本のような魔力操作ができるパティ。

しかし、彼女の魔力は珍しく荒れていた。

「まだ弱い！　まだ弱い！　まだ弱い！」

誰を思い浮かべているのか、感情に任せて魔力を放出し、ただ威力にのみ重点を置いた味のない魔法が連射される。

「ケルン！　ケルン！　おっきなケルン！」

目を輝かせながら唱えるそれは、人族に友好的な数少ない猫型の獣の名前。

「ナチのケーキ！　ソドラン《果物》！　ラチア《果物》！　えへへへ」

後半はただの願望がダダ漏れである。

火属性、水属性、風属性、地属性、光属性、闇属性と、六色の魔法が飛んでゆく。さすがのバリエーションだ。

「えへへへ」

満面の笑みが嫌に不気味に見える。

いつも仏頂面の彼女のこんな顔は、俺はもちろん、他の誰も見たことないだろう。

大岩のオブジェクトは当然破壊され、その後、かけらが集結するようにして元に戻る。

そんなことを何度も繰り返し、しばらくしてパティは肩で息をし始めた。

「何してんだ？　あれ」

「わかりませんが、多分あれは……」

憂さ晴らし？

いや、パティに限ってそれはない、か。

無欠の完璧超人パトリシア・サンダース。

全ての科目で抜きん出た才能を発揮し、生まれた時から英雄候補として周囲から期待されてきた神童。

しかし、目の前にいる彼女は、大岩にストレスをぶつけているだけの子供に見えた。

まさか、あれがパティの本性？

「ッ――誰ッ⁉」

さすがは英雄候補の感覚。

完全に潜んでいた俺たちを容易《たやす》く見つけた。

最初は警戒していた彼女も、その中の一人が俺ということに気づき、たちまち顔を赤面させた。

「あ、え、クラ、フト、君?」

「こ、こんばんは」

頬を両手で押さえ、目を回すパティ。

これがあのパトリシアかと疑いたくなるような変貌ぶりだ。

「そっちの、方は?」

「ああ、俺は三年のマルコム・ボレノスだ。よろしくな、英雄候補さん」

マルコムにも自分のことが完全にバレているとわかった途端、力なくその場にヘタリ込むパティ。

いつも気丈に振る舞っている彼女はおらず、年相応の女の子がそこにはいた。

この人ひょっとして――

「二人はお散歩?」

いつものパティに戻る。

が、

「普通でいいです、普通で」

「え?」

どこか他人と距離を感じる彼女の性格。

品があって、真面目で、平等で、寛大。

鈍感なところもチャームポイントだと思っていた。

しかし先ほどの彼女はそのどれにも当てはまらない。俺はそんな彼女を見て、心のどこかにあった違和感の正体に気づいた。

彼女は自分を偽っている、と。

「ここには俺と先輩、そしてパトリシア様だけ。仮面を被る必要ないですよ」

絵に描いたような完璧超人。

およそ思いつく限り全ての才能を持ち、容姿に恵まれ、運命に恵まれ過ごしていく中で、一番敵を作らずに済む性格はどんな性格か？　それは、鉄仮面を被ったような感情を押し殺した性格。

恐らくそれが今の彼女の性格。

彼女がたどり着いた性格。

「……何を言いだすの？」

パティの声色が変わる。

「良い子ぶってないで素の自分を出していけってことだよ。わかるだろ」

「！」

まるで自分に言い聞かせるかのようだ。

マルコムが「うわぁ……」みたいな表情を向けてくるが、気にせず続ける。

「我慢したものをこんな形で発散するくらいなら、せめて俺たちの前だけでもありのままの自分を出した方が健全だって言ってんだよ」

あえて強い口調で詰め寄るが——そそくさと帰ってしまった。

やべえ、対応間違ったなこれ。

俺は笑顔でマルコムに向き直る。

「今のは全部忘れてください」

「いや無理だろ」

ショック療法的な感じになってしまった。

無理かなぁ。無理だろうなぁ。

「おっ、戻ってきたぞ」

と、思っていた時期が俺にもあったなぁ。

俺は大岩に腰かけながら、森の奥から現れたパティを見下ろす。

凛とした表情はどこか晴れやかで、決意のこもった瞳が揺れている。

「忘れ物か？」

ちょっと意地悪そうにマルコムが微笑む。

パティはマルコムを見て何か言いたげにモゴモゴしており、面白いものが見られそうだと俺は助け舟を出した。

「先輩だからって敬語いらないですよ」

「それを言うならお前も要らねえよ」

「あ、そうですか」

この際俺もここで敬語をやめようか。

パティが意を決したように口を開く。

「私も、修業に参加してもいい？」

国を背負って立つ存在とも呼び声高い英雄候補が、二人の落ちこぼれと一緒に修業。誰が聞いても、何かの冗談だと笑い飛ばすだろう。

それに、魔闘祭前に英雄候補を強くしてしまうメリットは正直言ってない。クラフトの成り上がり劇の一番のストッパーになる存在であるから。

マルコムはそれらを踏まえた上で、俺の方へと目配せしてくる。

その目は『お前が決めろ』と、言っている。

「うん、いいよ」

「え！　本当⁉」

パァっと明るくなる顔。

こんな活力のある顔は、今まで見たことなかった。こんな顔できるんだ、この子。

完璧超人、英雄候補と呼ばれていても、中身はクラフトと同じ年の少女。人の子だ。

言いたいこと、食べたいもの、言葉遣いから何から、我慢我慢の人生だったに違いない。

マルコムは愉快そうに笑い出す。

「何だ、ただの女の子じゃないか」

「もともと、そう、です」

「まだ固いな」

笑う俺たちに、パティははてなマークを浮かべ俺たちの顔を交互に見ていた。ひとしきり笑った後、マルコムは涙を拭いながら口を開く。

「パトリシアも加われば魔紋への理解も一段と深まるってもんだな」

「ま、魔紋⁉」

パティが驚いたように聞き返す。

「二人はもうすでに魔紋発現まで理論の理解を深めているの？」

「魔紋はまだだけど、魔装は理解したよ」

俺とマルコムは同時に魔装を展開する。

パティが頑張って素を出したんだ、これくらい見せてもバチは当たらないだろう。

パティはその光景に絶句していた。

魔装に興味津々のパティに問う。

「魔装は未習得なの？」

「三年生で教わるって聞いているわ」

おいおい、それじゃあ遅すぎるだろ。

魔紋はまだしも、魔装は使えなきゃ魔法の威力は段違いだし、何より会得さえすれば自己防衛能力が格段に上がるし、任務中の危険度も下がる。

大人は何を考えて教えてるんだ……？

俺たちが今回の任務で学んだことは、今の学校の方針ではぬるすぎるということだ。人は、魔族という巨大な敵を軽視しすぎている。ロイド族を捕らえていたのも、力を蓄えるための準備。

それも王国から目と鼻の先で、だ。

いつ何時、魔族に遭遇するとも限らない。その時に魔装を使えないようでは、相手にすらならずにやられてしまうだろう。

しばらく黙っていた彼女が口を開く。

「……模擬戦でクラフト君と戦った時はもしやと思ったけど、やっぱりあれは全力じゃなかったのね」

あの時は全力だったけどね。

見栄を張って頷く俺に、マルコムが肩をすくめた。

となるとパティは当然未習得か――とはいえ、彼女ならすぐにでも魔装を理解してしまいそうだ。

「見たらもうできるんじゃないか？」

ダメ元でやってみろよ。と、マルコム。

俺たちも理解し発現させ定着させるのに丸三日を費やしたわけで、いくらパティとはいえすぐには……

「できた」

できたらしい。

彼女の体には銀色のマントが羽織られており、見た感じ魔力の定着具合も落ち着いている。

理論の理解をすっ飛ばして会得しやがった。

「これが天才か」

さすがのマルコムも舌を巻く。

彼女は一瞬にして俺たちと同じレベルまで駆け上がったのだ。

恐るべし、パトリシア・サンダース。

「えーと、なら逆に教わりたいくらいなんだけど、魔紋は己の信念を深く理解しなければ発現しないらしいんだ。パティ的に、何か感じるものはない？」

「私の信念。ええと……」

目を閉じ、瞑想《めいそう》するパティ。

彼女の背中にも俺たち同様、魔法式が回っており、それらが鼓動するかのように、金の光が放たれる。

嘘《うそ》だろ？　もう？

「『アルストロメリア』」

唱えたのは魔法か、それとも名前か。

目を瞑るパティの右手に、白い金属をベースとした装飾の美しい剣が握られていた。

それだけに留まらず、左手には同じ装飾の盾も握られていた。

彼女の式の空白に、剣と盾の紋様が浮かび上がる。

「ちょっと言っただけで魔紋習得までやったってか？　おいおい、どうなってんだよ」

俺たちにはいくらかかってもキッカケすら摑めない魔紋を、一瞬のうちにモノにしたパティ。

すごいを通り越し、恐ろしい才能。

英雄の片鱗《へんりん》を垣間見た気がした。

「おいパトリシア。それどうやったんだよ教えろ」

「ええと、ムッと来てグッと摑んでバッ！　かな？」

「わかるわけないだろ」

パティの感覚論に苛立《いらだ》つマルコム。

「信念を問われ、私は迷わず『世界を救うこと』だと答えた。そしたら剣の柄《つか》が現れた」

淀《よど》みなくそう続けるパティ。

この年にして、他の人間とは背負っているものの次元が違う——となれば、即座に魔紋を発現できたのも納得がいくか。

俺たちになくてパティにあるものの差。

俺たちにはきっとパティほどの明確な信念がない。あるいは、本当の自分を理解できていない。

心の中でクラフトに問いかける。

お前の信念は、何だったんだ？

皆に認められることか？

皆に復讐することか？

ただ強くなることか？

俺の問いかけに、クラフトは相変わらず沈黙したままだった。


戦争想定訓練所での一件の後、俺たちの修業場所はグリーン家の裏手から、学校の訓練所へと変わった。

訓練所として作られただけあって、特に実戦形式の修業にはもってこいの場所だ。不安要素としては、学校の敷地内である上に、授業中以外は立ち入り禁止のエリアであることか……。

「なあ、この後ナチのケーキ食べ行くか？」

「え！　行きたい!!」

「じゃあ模擬戦で一番成績の悪かった奴のおごりな」

俺とマルコムだけだった修業も、パティが加わり賑やかになってきた。

パティは最初の頃の固さも抜け、今では十年来の友達のように、言いたいことを言い合えている。

「ま、参りました」

あっという間に一本を取られるパティ。

肩に剣を突きつけたマルコムは白い歯をのぞかせた。

「まずは一勝だな」

「マルコムの剣術だけは超えられる気がしないわ」

「だけって言うな」

夜の森に、三人の笑い声が響く。

すでに魔紋を発現したパティはマルコムと魔紋を用いた剣術の修業に励んでおり、光り輝く剣と盾を使い、体さばきや構え方を教わっている。

やはり彼女は武術のセンスも良いようで、マルコムが教えたことをその場で吸収し、自分の技能として昇華させてゆく。

つくづく、恐ろしい才能だ。

ひとしきり笑った後、パティが立ち上がる。

「どこでそれほどまでの剣術を？」

パティの言葉に、マルコムがどこか寂しい表情をのぞかせた後、

「……昔、凄腕の剣士に鍛えられたからな」

と、呟いた。

「――よし、交代だ」

マルコムの合図で、俺が入れ替わる。

開始の合図で一気に距離を詰める。

「すごいな。もう盾の使い方まで上達してる」

俺の斬撃を難なく盾受けするパティ。

キンッ！　キンッ！　と、甲高い金属音が夜の森に響く。

パティは楽しそうに剣を振るう。

笑顔でも剣筋には容赦がない。

俺はそれを見極め、紙一重で躱してゆく。

「明日から魔闘祭の予選ね」

「パティは予選なんて心配なしだろ？」

「そんなことないわ」

俺の言葉にパティは表情を暗くする。

「それと、無理に毎日俺たちに付き合わなくてもいいよ？　ナナハたちとの用事もあるんじゃないの？」

「……」

パティの剣速が上がる。

少しひやっとしたが、何とか躱す。

「私、自分をさらけ出すの初めてで、それを促してくれたクラフトたちに感謝してる」

生まれたその時から今まで、会う人会う人〝英雄候補様〟と擦り寄ってくる人生だけを歩んできた彼女。

誰よりも強く、誰よりも賢く、誰よりも人格者でなければならないと自分に言い聞かせ生きてきた――俺ならきっとその重圧に押し潰されてるな。

「着飾らずにいられるこの時間が、私にとってはどんな時間よりも居心地がいい。生きた心地がする」

「そりゃあよかった」

「だからずっとここにいる」

「それとこれとは……」

「いるの!!」

再び交わる剣と剣。

ハードな修業のはずなのに、どうしてこうも心が安らぐのか。

「イチャイチャしながら剣交えるのもいいんだが、同じ学年のお前らは予選も本戦も当たる可能性あるからな。その時は真剣に戦えよ」

「してない！」

マルコムの冷やかしにパティが過剰に反応する。

全力否定しなくてもいいのに。

かたや落ちこぼれ、かたや英雄候補。

奇妙な関係の三人による修業は、魔闘祭予選の前日まで続くことになる——

第七章　魔闘祭開幕

教室を包む雰囲気が、今日は特別張り詰めていた。

「――よし、全員いるな」

アンジュ先生が生徒を数え終えた。

普段はざわつく教室も、今日は静寂に包まれている。

「連日のように伝達してたが、今日から魔闘祭予選が始まる」

生唾を飲み込む音が聞こえる。

魔闘祭。

学期の頭と末の二度、学年別で魔闘士の頂点を決める学校の伝統行事。

魔闘祭の結果は授業の態度や成績よりも重要とされ、これに懸けている生徒も多いのではなかろうか。

今日から始まる予選を勝ち進むと、本戦出場の切符を手にすることができる。

本戦に出場できれば、今度は闘技場に観客を招き入れて試合することになり、観客席にはギルドや騎士団のお偉いさんたちが見にくる。

すなわち、最高のアピールタイムになる。

生徒全員がギルドの精鋭隊に所属するのを夢見ているから、就職前にここで自分を売ることができれば、直接スカウトなんてこともあるらしい。

「おさらいするが、魔闘祭は全て学年別で執り行われる。学校対抗だとまた別だが……一年と三年が戦ったりはしない。予選を通過した生徒が本戦に出場でき、本戦を全て勝ち進めば――学年覇者だ」

実にシンプルで良い。

要するに全ての試合を勝てば覇者。

反射的にパティの方へ視線を向ける。

パティも同じタイミングでこちらを見た。

〝最大の敵はお前だ〟

お互いがそう感じていることを、感じ取る。

アンジュ先生の話は続く。

「これから闘技場まで移動して別のクラスと予選を開始する。そして、今日からの戦闘成績を元に魔闘祭当日までに各学年〝一六人〟に絞るからそのつもりで当たっていくように」

各学年、一六人。

クラス単位で言えば、この中で予選に勝ち残れるのは多くても数人。

教室中がざわめきに包まれた。

心の準備ができている者は、その時を静かに待っている。

全校生徒数三七〇〇名で、三学年あるこの学校。

単純計算で各学年一二〇〇人以上いる。

クラス数も一学年三〇近くある。

真面目に総当たりをやると魔闘祭が数十日規模のイベントになってしまうため、全員が一定数の試合を行う日程となっているらしい。

体力もまた一つの強さの指標だから。

「魔闘祭本戦五日前まで、一日一人の間隔で戦ってもらう。最終勝利合計数が上の順から一六人選出するからな」

棄権も受け付けている。と、付け加えるアンジュ先生。

「闘技場に移動する。遅れないように——皆の武運を祈る」

ざわつく生徒たちなど構いもせず、アンジュ先生はスタスタと教室の扉を抜けていった。

クラスメイトたちが焦ったように準備を済ませ、次々と席を立った。

そして、

「あ、伝え忘れたが」

アンジュ先生はひょっこりと顔を出し、

「今日は二七組とになるからな」

と、付け足した。

闘技場への移動が始まる。

「まてよ、二七って確か……」

俺は脳内記憶をフル回転させ、そして思い出す。そこが愛しの弟――ケビンのクラスだということを。

闘技場は校内一巨大な施設だ。

闘技場に入ると、すでに二七組の生徒たちも揃《そろ》っていた。ちなみに俺たちは八組だが、数字による優劣みたいなものは付いていなかったはず。

別クラスの人と試合だから、俺たちのクラスの生徒は本戦までパティと戦わないことが確定になる。

逆に、相手のクラスの生徒は明らかにパティを警戒し、神に祈るようなポーズを取る人もちらほら。

パティ《天オ》と当たらないことを願っているのか、クラフト《落ちこぼれ》に当たってほしいと願っているのか――はたまた両方か。

俺が遅れて八組の中に合流する際、ひときわ殺気を出している人物と目が合った。

「……」

双子の弟、ケビン・グリーン。

周りからも家族からも期待されている魔闘士である。

怒り故に髪の毛が立ち上がるのではないかというくらい、その表情は憎悪に満ちている——

俺がパティと模擬戦をした過去を引きずっているらしい。

「これより、第八六回魔闘祭選抜試合一学年の部を執り行います。名前を呼ばれた者は前へ！

会場設定は〝実戦想定〟とします！」

二七組の担任らしき人が声高らかに宣言した。周りの生徒たちからは、緊張・不安・期待……

色々な感情が見て取れる。

会場設定の実戦想定というのは、要するに〝死んだらお終《しま》い〟というもの。

もちろんただの試合だから殺し合いにはならない。例の如く、結界が肩代わりしてくれる。

「次！ ケビン・グリーン対ナナシ・カマセーヌ」

ケビンが呼ばれた。

ケビン対俺という、俺のシナリオ上超ド級イベントは持ち越しらしい。できれば実現したく

ないけど。

「……ふん」

俺を一瞥し、不機嫌そうに顔を背けるケビンは、スタスタと試合場所へと歩いてゆく。

対戦相手はもちろん俺のクラスメイトなのだが、名前も知らないどころか、明らかにかませ

犬な名前で可哀想になってくる。どうか一矢報いてほしい。

「最初の試合はこの一〇組で行います。他の生徒は見て学び、糧とし、参考にしましょう」

それでは——と、先生が手を挙げる。

「開始ッ！」

魔闘祭予選試合が始まった。

この世界の魔法には〝一階級〟から〝一〇階級〟という、威力に応じたランクが設定されている。

一〇階級魔法は、使えばそれこそ国一つ落とせるくらいやばいやつらしく、九階級以上の魔法は地形や天候にも影響を与えるため、基本的には禁止魔法扱いとなっているらしい。

ちなみに魔装は五階級の魔法。

魔紋も五階級に位置している。

優秀な生徒は授業の進行通りに魔法を会得しているから、一学年はまだ二階級の魔法までしか習っていないため、例外を除いて、一進一退のいい勝負が繰り広げられている。

例外を除いて、は。

「『我、風を司りしクモスの子。破壊の風来たれ――カティス・トルネード！』」

ゴゥ！　というものすごい音と共に、ガラスの割れるような音が響く。そして、一つの試合が瞬く間に終わった。

横たわるカマセーヌには見向きもせず、ツカツカとその場を後にするケビン。

一方的な試合だ。

その試合に注目していた生徒は「おい今の何だ?」とか「二階級魔法にあんなのないぜ」とか「カマセーヌ死んだんじゃないか?」などとひそひそ話をしている。

カティス・トルネードは三階級の魔法。

一学年でそれに対抗できる生徒が、果たして何人いるのだろうか。

「勝者ケビン・グリーン!」

遅れて先生が手を挙げた。

二七組の生徒たちがわっとケビンに駆け寄り、ケビンは少し誇らしそうにしていた。

クラスで中心人物らしいことは聞いている。

ずっとああしていれば可愛い弟なのに——とは、口が裂けても言えないが、やはり言うだけあって、使う魔法も一学年のレベルを遥かに超えてるんだなぁと感じる。

それ以前にカマセーヌが弱すぎてケビンの実力があんまり見られなかったのが残念すぎる。申し訳ないが、今後も名前を覚えられそうにない。

「弟さん、強いね」

パティが声をかけてくる。

人によっては嫌味にしか聞こえないが、パティが言うとどうしてこうも素直な意味に捉えられるのだろうか。

「本人に言ってやれよ」

「なぜ？」

彼は君にホの字なんだぜ。

余計な一言は飲み込んだ。

「魔力量も他の人より全然多いし」

「それは俺の方がすごい」

「負けず嫌いなの？」

と、言いながら微笑むパティ。

強さに関して俺のプライドは高い方だ。

ロイド族からの餞別《せんべつ》もあるし、基本的には必死に手に入れてきたものだから、尚更。

「ふふ。クラフトと一緒にいると、今までの学校生活が――」

パティが俺を見上げたと同時に、

「パトリシア様！　こっちでカイエンの試合始まりますよ！」

ガシッと、ナナハが抱きついた。

取り巻きたちもぞろぞろと集まってくる。

「……」

しかしパティはビクともしない。

ナナハは疑問符を頭に浮かべパティを見た。

「パトリシア様？」

「私はここにいたい」

「えっ」

意志の強い瞳がナナハを射るように光る。

「で、でもカイエンの試合が」

「私はクラフトと一緒にいたいの」

その言葉に、当然ながら取り巻きたちからどよめきの声が上がる。ナナハも絶句したように口をパクパクさせている。

どうしよう。この状況は予想できたはずなのに、ナナハたちへの今後の対応を決めてなかったな……。

「そ、そ、そうですか。ふ、ふうん。では私たちもここで試合観戦しようと思います！」

当然こうなるよなぁ。

ナナハたちはあくまでもパトリシア・サンダースの取り巻きであるため、退散してカイエンの応援には行かないだろう——仕方ない、か。

「それは嫌、」

「俺はお前らとは一緒にいたくない」

「！」

パティの返答を遮る形で、俺が憎まれ役を買って出ることにした。ナナハたちの顔が驚愕の色に染まる。

調子乗ってる系主人公みたいで嫌だが、この際気にしてられない。

「あ、あんた何言って——」

「お前ら嫌いだし、性格悪いし、一緒にいたくない」

パティの印象が悪くなるならと思って買って出た憎まれ役だったが、我慢していた反動か、今までためにためたものが口から止めどなく溢れていく。

取り巻きたちは「パトリシア様の前で！」とか、「偉そうな口利くな」とか、怯《ひる》まず対抗してくるが、怒りを内に秘めたナナハは静かに口を開いた。

「私たちと違うって言うなら……何なの、今のあんたは」

困った表情のパティと目が合う。

俺はパティの肩に力強く手を回した。


「友達《ダチ》！」


周囲がシンと静まり返る。

遠くで試合の音だけが聞こえてくる。

数秒の沈黙の後、ナナハが我に返ったように反論する。

「何を偉そうに言うかと思えば！　わ、私たちだってパトリシア様の友達よ！」

その言葉に取り巻きたちも「そうだ！」と同調を始めるが、俺から言わせてみれば、即答できない時点で察せるものがあった。

「そうかよ——でも今回は大人しく、カイエンの試合を応援しにいった方がいいんじゃないか？」

「だから私たちは、」

「・・・・・・」

「俺の口が滑る前に」

「ッ！」

あんまり使いたくなかった手だが、これが効果抜群。ナナハたちは二、三嫌味を残した後、そそくさとカイエンの試合場所へと向かっていった。

殺意を込めた目で俺を睨むナナハをスルーしつつ、肩に回していた手を離す。

「悪かったな。びっくりしたろ？」

「え、ううん……」

俺の口が滑って、過去のいじめを暴露される方がナナハたちからしてみたら都合が悪い。パティの前でこんな振る舞いをするクラフトなんて、こいつら予想だにしなかったんだろう。

「次、クラフト・グリーン対マメ・モヤシ！」

いよいよ俺の名前が呼ばれたようだ。

知らない相手だが、名前的にアレだろう。

「じゃ、行ってくる」

「わ、私も、呼ばれたみたい」

「そか、お互い頑張ろうな」

「う、うん」

すっかり威勢のなくなったパティに見送られながら試合場に向かい、対戦相手と対峙した。恐らく俺たちの試合を見るギャラリーなど皆無だろう。

「くじ運良くて助かったぜ。英雄候補様に当たったら確定で黒星だもんな」

「ほんとですね」

赤髪の生徒が笑いながら腕を回す。

彼こそ俺の対戦相手。

完全に舐めている様子が窺《うかが》える。

「俺の魔力が尽きるまでにお前の防御を超えられれば勝ちってことだよな——まぁあいにく俺は火属性なんだよ、悪いな」

余裕の表情で赤髪が魔力を纏った。

テンプレだが属性には相性がある。

あえて全部はおさらいする必要もなさそうだが、簡単に言えば火は風に強いので、属性だけで見ると相手が有利ということになる。

相手はクラフトが攻撃魔法を使えないことを知っている様子。しかし、クラフトが攻撃魔法を使えるようになったことはさすがに知らないようだ。

鴨葱《カモネギ》とはこのことか。

「試合開始！」

先生の声が聞こえた。

この試合で同級生の実力を測ろうか。

人差し指を横に振り、素早く風を飛ばし、

「いくぜぇ!!　『我、火を司りし――』」

相手の首元をかき切った。

バリン！　と、魔法結界が割れる。

対戦相手が前のめりに倒れた。

試合終了だ。

信じられない、といった表情で気を失っている。

「……」

一番信じられないのは俺の方だった。

魔装を使わずにこれほどか……。

想像以上に差がある。

威力にしてみれば一階級に満たない魔法。

魔法とも呼べないような小さい風の刃。

彼はそれに気づくそぶりも見せぬまま、首を切られて負けたのだ。恐らく、自分が負けた原因にすら気づいていない。

一学年の最初の学期。

授業では二階級を教え始めた程度。

ロイドの里での一件は、俺にとって経験値が大きすぎたようだ。

「戻るか」

インチキを疑われそうだ。

誰も観てないから歓声も起こらなければ先生のジャッジも聞こえない。記録はされてるはずだから、さっさと戻るか。

澄まし顔でステージから下りると、

「……」

そこにケビンが立っていた。

眉間に皺を寄せ腕を組んで仁王立ち。

なぜパティの試合を見ないんだこいつ。

俺は足早にパティの試合の方へと向かう。

ケビンはしばらくそこから動かなかった。


選抜予選が始まって一〇日経った。

つまり一〇試合行われた計算になる。

「全員の一〇連勝を祝して乾杯！」

場所はいつものオズボーンの酒場。

パティを加えた三人での祝杯。

今日で予選も折り返しに差しかかった。

「賑やかな所ね」

パティは両手で小さなジョッキ状の樽を持ちながら、興味津々で辺りを見渡している。

「ギルドも似たようなもんじゃないか？」

「ううん、私は指名依頼が忙しくて広場にはしばらく顔を出してないの」

「そっか。換金所しか行かないんだ」

他国のどこを探しても、一年生の段階で指名依頼が大量に舞い込んでくる生徒はパティくらいだろう。

何げに初めて来店するパティ。

料理一つ一つを新鮮そうに食べていた。

「これはこうやって食うんだよ」

「かいいえあい《かみきれない》」

干し肉が好物だというマルコムがぶちぶちと噛みちぎるのを見ながら、硬い干し肉を必死にかじっている。

「ここの干し肉は犬みたいな顎を持つ先輩にしか噛み切れないよ」

「ほうらの？」

「鍛え方が違うんだよ」

間抜けな顔で肉を頬張るパティに二人で笑ったり、マルコムのおごりのナチのケーキを堪能したり、店の酔っ払いに絡まれたりと、大騒ぎで時間は進む。

店内が少し落ち着いた頃、追加料理片手にオズボーンさんが俺たちのテーブルに座った。

「おう、やってるな。今日は可愛い子を連れてるじゃないか」

「お世話になってます。この子はパトリシア・サンダース。かの英雄候補ですよ」

「ほお！　この子があの！」

尊敬の眼差しでパティを見ていたオズボーンさんだったが、嬉しそうな顔で俺とマルコムを交互に見た。

「で、どっちの彼女なんだ？」

「おっちゃんも好きだねえ」

そう言って、マルコムは苦笑しながら次の肉に手を伸ばす。

「お姉ちゃんお姉ちゃん。どっちが好みだ？　二人共いい男だぞ、俺が保証する」

「酔っ払ってるんですか？　みんな困ってますよ」

従業員に咎められるも悪ノリをやめないオズボーンさん。パティは少し顔を紅潮させ、俯いている。

「なあおっちゃん――」

マルコムが立ち上がる。

「俺たちは魔闘士学校に入学したその日から、この国の〝兵士〟なんだ。戦争があれば卒業を待たずして国のために命を懸けて戦う……だから俺たちに寄り道してる暇なんてないんだよ」

カラン。と、最後の肉の骨が皿に跳ねる音だけが酒場に響いた。

「すまない、空気を壊しちまった。俺はここで帰るよ」

そう言い残し、マルコムは机にお金を置いてその場を去った。

オズボーンさん含め、従業員のお姉さんもが表情を強張らせ、口を結んでいる。

マルコムの言いたいことはよくわかる。

ここは平和な日本とは違い、常に死と隣り合わせの世界。一歩国から出れば野犬の何倍も獰《どう》猛《もう》な魔物たちが闊《かっ》歩《ぽ》しており、滅んだとされていた魔族だっている。

危機感を覚えている生徒は少ないだろう。しかし、少なくとも俺とマルコムは、ロイド族の里で死戦をくぐり抜けた時に覚悟を決めざるを得なかった……魔紋を未だ発現できない憤りもあったんだろう。

「すみません、虫の居所が悪かったのかな」

「いや、俺の方こそ悪かった。普通の学校と一緒にしたのが間違いだな」

謝罪するオズボーンさんと、

「……」

俯くパティを見て、俺はどこか胸が締め付けられる思いがしたのだった。

Side ナナハ・ロンデルカート

魔闘祭予選一〇試合目、私の計画は崩れ落ちた。

屈辱。それ以外の言葉は思い浮かばない。

全ての魔法を簡単にいなされ、最小限の魔法で追い詰められた。

トドメさえ一階級魔法だなんてナメてるわ。

「何なのよ、あんた」

私を見下すように立つのは、すらっとした長身の男子生徒。

初めて見る生徒だ。

血の通ってなさそうな白い肌が目につく。

そもそも、パトリシア以外は全員ゴミだと思っている私からしたら、名前を覚えている生徒の方が少ないけど――それでもこれほど端整な顔立ち、才能なら噂くらい流れてきてもいいはずだ。

貴族なら話してもいいかしら。

貴族じゃない限りはゴミだもん。

とはいえ、ゴミにもこれほどの魔法使いがいるなんて――ひょっとしたらパトリシアより？

いや、絶対それはないけど、可能性を感じるほどの魔法才能を持ってる。

こいつに唾をつけて損はないわね。

「あ、あなた！」

「喋りかけるな、人族の分際で」

凍てつくような視線が刺さる。

人族のって、みんなそうでしょうが。

男は心底冷めたように頭をかく。

こいつ、記録を見ると全勝してる。

カイエンの奴はギリギリ入ったみたいだけど、まさか私が予選敗退候補になるなんて。

「この学年に緑髪の奴いるよな？　かなり強いと聞いた」

喋りかけんなとか言っといて、自分は話しかけるのね……まあいいけど。

「緑髪、」

素直に答えて好感度を上げておくのが吉ね――こいつほどの実力者がマークする、同学年の風魔法使いだとすると。

「それなら多分、ケビン・グリーンね」

誰もが認める天才風魔法使い。

パトリシアは別格としても彼は強い。

何といっても現役帝の血統。

落ちこぼれと同じ家族なのが唯一の汚点ね。

「ケビン……グリーン」

血が流れるほどに握られた拳。

血走った瞳。吊り上がった口角。

気味が悪いわ、この男。

でも、万が一こいつがケビンやパトリシアを倒すなんてことがあったら——その時は必ず乗り換えてやるわ。

放課後——グリーン家。

「納得いかない!!　何でこいつが一〇勝もしてるんだ!!」

「ケビン、落ち着いて食べなさい」

ダンッ!　と、力強くテーブルを叩き不満を爆発させるケビンを、ドロシーが冷静に止める。

グリーン家の選抜戦進捗。

ドロシー　九勝一敗

ナイル　一〇勝
ケビン　一〇勝
クラフト　一〇勝

となっている。

こう見ると優秀な子供たちだよなぁ。

「不正してるならいい加減にしろッ！　あの程度の風で全勝したとでも言うのか！」

ケビンの激昂も理解できる。俺はとうとう最後まで、簡単な風を飛ばしただけで全勝してしまったのだから。

お陰で禍風《マガツカゼ》とかいう痛い名前も定着してしまった。かなしい。

しかしケビンには俺の風が見えてたのか。

皆が皆、それすら気づかなかったのに。

さすが、天才と呼ばれてるだけのことはある。

「汚名返上ということにしておけば良いわ。攻撃魔法が使えるようになったなら御の字です。

グリーン家は結果が全てよ」

「でもお母様ッ！」

「お料理が冷めるわ」

ケビンはむすっとした表情で、フォークで刺したプチトマトを口に入れた。ハムスターみたいな顔で俺を睨み続けながら。

「それよりもドロシー。あなた一回負けたようね。それについて、どんな説明をしてくれるのかしら」

「仕方ないです。相手が悪かったんですから」

目を瞑りながら淡々と問い詰める母。ドロシーは不貞腐《ふてくさ》れたように、魚の身を口に運ぶ。

「確か剣帝と当たったんだってな」

「あのクソチビ女、デタラメだわッ」

冷やかすナイルと、激昂するドロシー。

記憶が正しければドロシーもかなりの実力者であるはずだが、その彼女を打ち負かした剣帝……三年にもかなり強者がいるようだ。

マルコムは無事に勝ち進んでいるのかな。

「どんな不正してるかは知らないが、本戦で当たったら一瞬で切り刻んでやる」

呪いの言葉のようにブツブツ言うケビンを無視しつつ、俺は食事を続けた。

第八章　復讐の爪

Side ケビン・グリーン

対戦相手が崩れ落ちる。

「勝者ケビン・グリーン!!」

勝者を告げる声に、歓声が上がる。

有象無象が寄ってくる。

彼らの言葉は僕の耳には入らない。

「やっとか……」

長かった退屈な時間が終わる。

一九戦全勝。残すは明日の一試合のみ。

やはり同学年に歯ごたえのある奴はいない。

僕が戦いたいのはパトリシア様だけだ。

忌々《いまいま》しい愚兄が彼女の周りにいることが僕にとって耐え難い苦痛だが、あいつが彼女に媚を売り続けてさえいれば、いずれはグリーン家として交流ができると我慢していた。

けれどそれもやめた。

本戦に残ればパトリシア様と戦える。
彼女と一対一で向かい合うことができる。
僕は一学年で一番強いと自負している。
彼女も退屈しているはずだ。
同年代の魔法使いは皆雑魚だと。
そして気づくはずだ。
僕だけが皆と違う、実力者であることを——決勝の舞台で。
「楽しみだ」
そこから交流を深めればいい。
稽古も共に打ち込めば親睦も深まる。
そうすればいずれは——
「あ、ケビン君」
名も知らぬ女子生徒か、何だ。
「呼ばれてるよ？　名前何だったかな」
女子生徒は入り口を指差した。
名前くらい聞いてこい馬鹿め。
指差す方を見ると、一人の男が見えた。
パトリシア様ではないのか。

「何だ？」

近くで見ると、わかる。異様な雰囲気だ。

それにこの魔力は――!?

咄嗟に距離を取る。

「っち。さすがにいい反応だなあ？」

今、何をされた？　手刀か？

この鋭い痛みは何だ、何が？

見れば胸の皮が横一線に裂けている。

殺意、か？

「お前だよお前。会いたかったぜえ」

こんなどす黒い魔力見たことがない。

こいつ、お兄様たちよりも――？

「！　くッ！」

「逃げんのかあ？　わざわざあの時の屈辱を晴らしに来てやったのによお!!」

何の話だくそ！　誰と勘違いしている！

人がいる場所に逃げるか？　いやダメだ。

あそこなら、被害を抑えられるか？

実力の差は明らか。

闘技場内に奴を入れたら何人死ぬ？
審判の教師も恐らく――
「『我、風を司りしクモスの子。破壊の風来たれ――カティス・トルネード！』」
使える魔法の上から三番目。
足止めくらいには……
「は？　ふざけてんのか」
竜巻が虚しく弾かれた。
弾いたのは、素手？
魔法を素手で防いだっていうのか？
森が見えてきた。僕にはそこが墓場に見える。
僕が死んだ後、やはり被害は出るだろうか。
あの場に何も残せなかったのが悔やまれる。
「パトリシア様……」
貴女に勝つ夢は叶《かな》わなかった。
勝って気持ちを伝える夢も。
願わくば貴女だけでも無事でいてください。

不穏な魔力の膨張を感じたのは、俺のクラスが一九試合目を終えた帰り道のことだった。

「！」

ほんの一瞬の出来事だ。

けれど確かに感じ取れた。

二つとも嫌な思い出しかない魔力。

なぜ同じ場所にある。

「クラフト君、どこ行くの？」

「ちょっとトイレに」

クラスメイトに呼び止められるも、俺は適当な理由を口にしながらその場所へと向かう。

まさか、ここは王国内だぞ――？

どうやって入ったんだ――！

そもそも、なぜ生きているんだ。

可能な限りの加速でその場所に向かう。

「近いな」

今はもうほとんど感じられなくなったその魔力の残光をたどっていくと、俺たちが夜な夜な特訓に使う森の中に続いてることに気づく。

俺はその場所へと飛び込んだ。

「はぁ？　お前……何だ、こっちは偽物かよ。どうりでいくら痛めつけても雑魚だと思ったぜ」

魔力の反発による火花に似た何かが弾けた。

風のブレードと剣が拮抗する。

ボロボロになったケビンと、トドメを刺そうと剣を振り下ろした謎の生徒――いや、この魔力を俺は知っている。

「魔族も暇なのか」

「お前を殺すために任務を放棄した」

俺の顔を見るや否や、魔族は目を爛々《らんらん》と輝かせ狂気の笑顔を向けてくる。

こいつ不死身か？

周囲は黒の獣に取り囲まれていた。

「芸がないな」

「そう思うか？」

奴の顔には未だに笑みが張り付いている。

ゆらり――と、気絶していたはずのケビンが立つ。

その目はどこか虚ろで、纏う魔力には魔族の物と似た何かを感じる。

操られてる、のか？

「・・・新しい魔紋の力だ」

新しい魔紋？　一人一つじゃないのか？

ケビンの両腕からは爪が具現化したような物が生えており、そのままゾンビの如く襲いかかってくる。

周りの獣に攻撃しようとするとケビンが盾になるわけか。面倒くさい。

「じゃあ直接いくぞ『風の弾丸《バレット・オブ・ウィンド》』」

無数の風の塊を作り、魔族に放つ――

「おっと、いいのか？」

全く避けるそぶりを見せない。

当てたらケビンが傷つくとかそういうのか。

空気の弾《たま》は魔族から逸れ、近くの木々を撃ち抜いた。

「悪いが俺の認知する範囲の物は全部操作対象だ。そういう魔紋をもらったんだよ」

聞いてもないことをペラペラと……

奴の認知してる物全てが危険だと考えた方がいいから、取り囲む黒の獣＋ケビンを一斉に無力化できる方法か。

空気の重さで押し潰す――！

「ほう？」

イメージは超重力。

全ての獣を空気の塊で押さえつける。

ケビンもとりあえずは大人しくなったか。

さすがに魔族本体は何ともないようだ。

「無力化したところで状況は変わらねえ」

魔族の右手に黒の渦が燃え盛る。

奴の新しい魔紋とやらの性質が読めないので、反撃するわけにいかないのがもどかしいが——

「!?」

恐ろしいほどの殺気が突き刺さる。

後ろ、直撃、即死……?


ゾクッ。


咄嗟にしゃがんだと同時に、ケビンを加減する余裕もなく地面に押し潰す。

頭上を走る光の斬撃が、耳をつんざく金属音と共に、森の奥へと駆け抜けた。

魔族かと思ったが違う、別の何かだ。

それも遥か高みにいる者の魔法。

数秒の沈黙——そして、
ズ、ズズズ……
辺り一面の木々が両断されている。

高くそびえるその木々がずれ、倒される。

目の前にいた魔族は驚愕の表情と共に首と体が両断され、そこから鮮やかな青の鮮血が噴き出した。

「これ、は、そん、な、消え、る……」

じゅうじゅうと、溶けるように魔族の体が崩れていく。

奴の認識外からの攻撃は通るのか。

視線を移すと、気絶したままのケビンが見えた。

奴の呪縛から解放されたようだ。

「クラフト!!」

顔を上げると、そこにはパティがいた。

銀の髪を額に貼り付け、肩で息をしている。

さっきの魔法はパティか……？　いや、でもそんなはずは……

「怪我はない!?」

パティが駆け寄ってくる。

「ごめん、助かった」

「？　ここで何が……この男は？」

「魔族だよ。俺の弟が襲われた」

「魔族!?」

パティも魔族を見るのは初めてなのか、苦悶の表情で絶命し溶けてゆく男の顔を見つめる。

「王国内に、しかも魔族が侵入してくるなんて」

死体から立ち込める煙を眺めながら、俺とパティは、人族が魔族の脅威に晒されている事実を認識する。

「これが、私の使命なのかな」

肉の焼ける嫌な匂いがした。

「英雄候補という身に余る肩書きは、大きな責任であると同時に、私の生きる意味。魔族がいるなら、その脅威から人々を救うのが私の使命なんだって、今認識したよ」

微笑みながらパティが振り返る。

青の瞳が俺を見る。

「クラフト、知ってる？　――ギルド部隊は七人で構成されるの」

決意のこもった瞳でパティが呟いた。

ギルドの精鋭の中でも、エリート中のエリートだけが所属できるのが、何か大きな目的を達成するべく編成された〝部隊〟という組織。

「卒業後、私は隊長になる」

王国に魔族がいたとなれば、魔族用の部隊も早急に編成されるようになるだろう。

そこの隊長ともなれば星は七以上が求められる。

記録上、最大で一〇まである星のうち、七まで上り詰めた未成年は未だ一人もいない――卒業後すぐに隊長になるということは、その現実離れした例を作るのと同義だ。

「クラフト。私の隊に入ってほしい」

俺はクラフトを、皆が見下し蔑んできたこの落ちこぼれのクラフトを、世界一の魔闘士だと認知させたい。

魔族という人族最大の敵を滅ぼせば、その目的は十二分に達成できるだろう。

ロイド族の件もある。

それに、この魔族が王国に紛れ込んだのは俺の不始末が原因だ。落とし前の意味もある。

遠征隊隊員の条件は星六以上だったな。

「卒業までに星六にならなきゃな」

俺の言葉に、パティは目を輝かせた。

「うぅ……ッ、」

気絶していたケビンが苦悶の表情を浮かべる。

見たところ大きな怪我はないし平気だろ。

それに、ケビンがこの場所で襲われていたのは、俺の推測が正しければ勇気ある選択の結果だ。声に出して賞賛こそする気はないが、ご褒美くらいはあっていいよな。

「じゃあ俺は先に戻るからあとよろしく。それと、俺がここにいたの内緒な！」

「えっ？　ちょッ……！」

パティの制止を振り切り、俺はさながら風のようにその場から撤退した。

そして魔闘祭本戦当日。

昨日配られたトーナメント表に目を通しながら、母は野菜を口に運んでゆく。同じく俺も、畳んでおいたその紙を開き目を落とした。

結局俺は二〇戦二〇勝で予選を勝ち抜いた。

本戦出場選手の中には当然ながらパトリシア・サンダースの名前と、その他にいじめっ子カイエン・フェルグ、そして弟のケビン・グリーンの名前もある。

順当に行けば俺は一戦目にカイエンと戦い、三戦目には恐らくケビン、そして決勝でパティと戦うことになる。

不気味なくらいに全員と因縁があるな。

「いい所に名前があるじゃねえかケビンは。筋肉バカを倒したら次が決勝。筋肉バカへの勝算はあるのか？」

「愚問ですね。属性の相性を加味しても僕の方が格上です。それに、僕はパトリシア様も倒します」

と、ナイルとケビンは俺など眼中にないと言わんばかりの会話で盛り上がっていた。

対するドロシーは浮かない顔でパンをもぐもぐしている。

「私なんて一戦目はあの鎧竜よ？　アイツと当たるくらいならまだ会長や剣帝の方がましかも」

自分のトーナメント表とにらめっこしながら、大きなため息をついた。

「姉様はご愁傷様ってことだな」

ナイルがトーナメント表をトントンと指差す。

「三年はこのマルコム・ボレノスって奴だけ知らねえな。誰だ？」

「知らないの？　前こそ剣術一筋の変人って噂だったけど、今や北生統の三人を倒すんじゃないかってほどの実力者よ？　それに、あぁ……あの冷たい態度。ぜひお近づきになりたいわ」

ナイルの質問に、ドロシーは恍惚《こうこつ》の表情でもって答える。「へぇ」と、ナイルはすぐに興味を失った様子。

マルコムも本戦残ってるのか。

三学年にも俺たちの実力は通じると証明されたことになる……まあ当然といえば当然だ。

無言を貫く俺を、ケビンが睨む。

「万が一カイエンに勝ったとしても、三回戦目までには辞退しろ」

いつも通りの高圧的な態度。

パティは言われた通り、彼に俺がいたことを言っていないようだ。

せっかくパティと二人きりにさせてやったのに。可愛くない弟だ。

屋台が立ち並び、人で賑わう王国。

魔族が侵入していたというのに王国は平和そのもので、魔闘祭は滞りなく開催された。

国を挙げての大イベントとは思わなかったが……国を今後守っていく若き戦士たちの試合であるから、割と納得がいく。

魔闘祭は四国同時に行われる伝統ある行事。ここで優秀な成績を収めた生徒は、四国対抗魔闘祭への出場権を得られ——そこで優勝すれば、実質世界最強の称号を得られる。

「本戦出場おめでとう。努力が実ったな」

「先輩こそ」

俺とマルコムはベンチに座りながら、行き交う人々を眺めつつ、試合までの時間を潰していた。

「信じられないな。数カ月前までの俺は魔法もろくに使えない落ちこぼれ。それが今は魔闘祭本戦出場、か」

魔族との戦いによって負った顔の傷がやけに似合っていて、マルコムの男前に拍車がかかっている。

「聞いたぞ。あの魔族にまた襲われたらしいな」

「襲われたのは弟だけどね」

結局、ケビンも目立った外傷もなく生還。

彼の中ではパティが助けたことになっている。

俺はその足でギルドに魔族の脅威を知らせたが、手がかりも足取りも全て謎であるため、対策は難航するだろうと結論が出た。

待ってるだけじゃダメだ。俺たち自身で対応できるようにならなければならない。

「好き放題しやがって」

憎しみのこもった声で拳を握るマルコム。

「今後も人に紛れて入ってくるかもしれない」

「もっと強い魔族が来たら、少なくともここの生徒たちじゃ太刀打ちできないな」

握っていた手を緩め、マルコムは空を仰ぐ。

「結局、魔紋は未習得のままだったな。俺の学年は恐らく、魔紋なしじゃ勝たせてくれないんだろうなぁ」

「そんなに？」

魔紋未習得の俺たちでも魔紋を使う魔族は圧倒できたのに……それほどの化け物がいるのか？　三年生には。

「そっちはパトリシア以外は大した脅威でもないだろ。グリーン家《あのクソ共》を黙らせるためにも、試合はお前に勝ってもらいたいよ」

ざわめく人混みにその声が溶けてゆく。

向こうの世界でも、ここまで俺のことを考えてくれる友達はいなかった。

こういう人のことを、きっと親友と言うんだろうなぁ。

クラフトが羨ましくもあり、人格を奪ってしまって申し訳なくもある。

「先輩。卒業したら、俺とパティが卒業するまでに星六になっておいて」

「はぁ？　何でまた」

せせら笑うようにこちらを見るマルコム。

部隊を構成する七人の隊員。

実力は元より、隊員同士で信頼が置けなければ意味がない——彼なくして部隊は成り立たない。

「パティと約束したんだ。魔族討伐遠征隊を作るって」

「魔族……討伐か」

俺の言葉に、マルコムが俯く。

ロイド族の里での出来事を思い出しているのだろうか。それとも過去に、別の何かがあったのだろうか。

「英雄候補が隊長の部隊だ。きっと魔王をも倒せる」

「はっ。魔王までいたら、いよいよ世界滅亡の危機だな」

冷やかすように笑うマルコムだが、その瞳は真剣そのものだった。

英雄というより勇者だな。

パティなら成し遂げそうに思えてしまう。

しばらく沈黙した後、マルコムが微笑む。

「乗った。元より俺は、お前と共に歩くのを決めた身だ……一枚噛んでやるよ」

「決まりだね」

俺たちは決めてたわけでもなく、互いの拳を合わせる。

守るべき人々の前で、男二人が誓い合った。


闘技場のボルテージが上がってゆく。

割れんばかりの歓声が会場を包み、花火に似た魔法が試合開始の合図を告げる。

観客席は超満員。

ギルドのお偉いさんも見える。

「よそ見とはいい度胸だな」

指をバキバキ鳴らしながら、対戦相手が余裕の笑みを浮かべた。

超満員の観客が注目する魔闘祭第一試合は俺とカイエンの試合だ。ナナハをはじめとする腰巾着たちが応援しているのが見える。

「あの痛みを忘れた日はない」

ざわつく闘技場内。

きっと会話は二人にしか聞こえない。

「腕は戻ったが、俺のプライドは傷ついたままだ。お前を見るたび、体が反射的に震えるのがわかるんだよ」

右腕を撫でながら、横目で俺を睨む。

「こういうのを何て言うかわかるか?」

「……」

「武者震いだ」

「いや、怯えてるだけだろ」

何をドヤ顔で言ってんだこいつ。

あの時は衝動的に襲ってしまったのと、こいつはこいつで俺を完全に舐めていたのとで、ちゃんとした復讐にはなっていない。

その証拠に、今もまだカイエンは俺を下だと思っている。

それも今日で終わる。

全てのしがらみから抜け出す準備は整ってる。

「試合開始してるから行くぞ? 『風の暴乱《ウィンド・オブ・カタストロフィ》』」

「は?」

右手に木枯らしを纏い地面に叩きつけるようにして放つと、それはみるみる大きくなりうねりを上げ巨大な竜巻に変貌する。

結界に守られた観客席に影響は出ない。

ここでは思う存分戦える。

闘技場の床のタイルが剝がれ、基礎に使われた岩が抉れ、砂埃が舞い――一瞬で彼を飲み込んだその竜巻は、そのままフィールドの端まで伸び、カイエンを魔法結界に叩きつける。

「がっは!?」

なす術なく打ち付けられたカイエンだったが、持ち前のタフネスで何とか耐える。しかしすでに彼の前には、俺の追撃が迫っていた。

風の刃がカイエンの四肢を貫く。

魔法結界の効果で欠損したりはしないが、磔《はりつけ》の状態のまま再び魔法結界へと叩きつけられた。

俺はその目の前に降り立つ。

「お前ッ……何なんだよ」

絶望の色に塗り固められた顔。

そんな顔をお前がするなよ。

その顔をした人を、お前はどれだけいたぶってきたんだよ。

「元いじめられっ子だよ」

俺はそのまま人差し指を横になぞり、カイエンの首を切った。

Side カイエン

目が覚めた場所は治療室だった。

試合のことを思い出すと、体の震えが止まらなくなる。

「化け物だ……」

パトリシア相手でも多少の撃ち合いはできたのに、さっきの試合は気がつけば負けていた。

それにあの眼——冷え切ったあの眼。

体が震えるのがわかる。

武者震いなんかじゃねえ。

紛れもなく、あいつに恐怖してる。

あいつは風属性で、俺は火属性。

相性から何から俺が有利だったはずだ。

俺は何もできなかった。

ただ一方的に嬲《なぶ》られただけだ。

いつも俺がやったみたいに、一方的に。

「ちょっとカイエン！　何であんなカスに負けてんのよ!!　あんた金でも摑まされたわけ!?」

ナナハがものすごい剣幕で治療室へ入ってくる。

やかましい女だ、パトリシアにしか尻尾を振らない。

少し遅れて、パトリシアが入ってくる。

みっともない姿を晒すことになるとはな。

しかし、わざわざ自分の試合前に俺の見舞いに来てくれるなんて、どうやらやっと日頃の行いが結実してきたようだ。何としても卒業と同時に英雄候補と同じ隊に所属して、栄誉を得て楽な生活にあやかりたい。

パトリシアに聞こえないように、近い距離でナナハと顔を合わせる。

「この試合絶対に勝てって言ったわよね？　あいつ、この私に舐めた口利いたのよ？」

「ゆ、油断したぜ。本気を出す前に仕掛けてくるなんてよ」

そうだ、あれは不意打ちだ。卑怯《ひきょう》な奴。

ナナハの口元が緩む。

「まあ、どうせ次の試合でお終いよ。あの出来損ないには反抗した罰を用意してあるから。試合後を狙って上級生に肋骨《ろっこつ》あたりを何本か折るように指示してあるわ」

そこならバレることないわ。と、ナナハ。

こういう所でこの女は悪知恵が働く。

つくづく敵に回したくねえな。

――っと、忘れちゃいけねえ。

「よおパトリシア。俺はたまたまダメだったが、お前なら優勝間違いなしだ。自信持っていけよ！」

英雄候補様には優勝して箔《はく》をつけてもらわなきゃならねえからな。この女が負けるなんてことがあれば、今までの苦労は水の泡だ。

パトリシアは俯いたまま俺のベッドまで歩み寄り、何かの布の束をドサリと置いた。

「ちょ、これって……！」

ナナハが焦ったように目を見開く。

「試合後にクラフトを襲おうとしていた奴らの制服の切れ端」

いつにも増して冷めた表情で続ける。

こんなに喋るパトリシアを、俺は初めて見る。

「今はまとめて眠ってる。首謀者があなた方というのも、彼らから聞いてある」

上級生五人をまとめて倒したのか？

いや今はそこじゃねえ。

「な……何を馬鹿な！　俺はこんなの知らねえぞ！」

これはナナハが勝手にやったことだ。

この女だけ追放できれば俺の地位も更に上がる。

「日常的にクラフトに迷惑な行為・暴力行為を行っていたことも聞いた。それに気づかなかったのは、完全に——私のせい」

「ぼ、暴力行為だなんて！　そうよ！　あ、あいつはカイエンを倒すくらいの魔闘士なんだから、私たちでどうにかできるわけないでしょう！」

ムカつく逃げ方だが今は気にしてられねえ。

パトリシアの表情は変わらない。

「私は馬鹿だ……自分のことばかりで、もっと他のことに気を配るべきだったんだ」

パトリシアが体に魔力を纏う。

人が簡単に消し飛ばされるほどの濃厚な魔力が、部屋を包み込む。

「ま、待ってくれ、頼む悪かった‼」

この場にいたくない。

そう思わせるほどの圧がある。

報復に殺すなんて、ないよな？

あり得ないよな？

「私の友人にこれ以上関わるなら――」

冷めた表情を変えないまま顔を上げる。

青の瞳に光が灯る。


「コロス」

周りの物が押し潰されるように砕けた。

こんなパトリシアは初めて見る。

何も言葉が出てこない。

「ぱ、パトリシア様？　冗談、ですよね？」

「まさか。私は冗談を言いませんが」

ピンッ！　と、何かを親指で弾いたパトリシアは、そのまま治療室から出ていった。

「ど、どうするのよ!?　パトリシアとの繋がりがなくなったら、私両親に顔向けできないわッ！」

「ふざけんじゃねぇ！　そんなもん俺だって同じだ!!」

今ので将来の安定を失ったのか？

そんな馬鹿な話があるかよ。

俺は英雄補佐になる男だぞ。

「っざっけんじゃねえええ!!」

ベッドを殴った衝撃で、パトリシアが投げた何かが落ちる。

ひしゃげた銀色のソレは、どこか指輪のように見えた。


特に何事もなく試合は進んでゆき八人が一回戦を突破し、更に四人が二回戦を突破した。

パティも圧勝していたな。

どこか暗い顔してたのは気になるが……

そして第三回戦――準決勝第一試合。

俺の前には弟、ケビン・グリーンがいる。

「一瞬で終わらせる」

まるで俺と対峙するのが恥ずかしいかのように、ケビンは不機嫌そうに構えをとった。

魔族から受けた傷は大丈夫そうだな。

魔力の消耗も見たところ少ない。

「カイエンが勝つと思っていた。攻撃魔法が使えるようになったのは、どうやら本当らしいな」

「はい」

ケビンの魔力が燃えるように吹き出していく。

「そういえばお父様とお兄様たち、来てますか？」

「……ああ、さっき一緒に食事をしてきた」

意地悪そうにそう付け足すケビン。

一人欠けているのに気にも留めないのか。

別に羨ましくないが――そうか、ということはつまり、家族全員がそうなんだな。

「除《の》け者にするなんて冷たいですね」

「ふん。お父様はお前を探してたようだったが、僕は一緒に食事なんて嫌だったし、適当な理由を言っておいたんだ。家族団欒《だんらん》を邪魔されたくない」

四男不在の家族団欒か。

ケビンが右の手のひらを突き出す。

「お父様の前でお前を叩き潰す」

試合開始の合図と共に、ケビンが魔法詠唱を開始する。

魔力の量的にお得意のやつだな。

本当に速攻で終わらせるつもりか。

なら――

「『我、風を司りしクモスの子……』」

「『我、風を司りしクモスの子……』」

ケビンの詠唱に合わせ魔法詠唱を始める。

普段使う必要がないだけで、クラフトの知識として魔法理論は大量に覚えている。

「『破壊の風来たれ』」

「『破壊の風来たれ』」

ケビンの瞳が揺れる。

同じ魔法だと気づいたか。

「『カティス・トルネード』」

「『カティス・トルネード』」

突如、フィールドが二つの暴風に包まれる。

濃い緑に包まれた暴力的な風は、互いが互いにぶつかり合い、反発し、またぶつかり合う。

そして――

「何だ……？」

ほどなくして二つは混ざり合って消えた。

呆然と立ち尽くすケビン。

「ッ！」

俺を恨めしそうにキッ！　と睨むと、再び詠唱を始めた。

先ほどよりも大量の魔力が渦巻く。

「『我、風を司りしクモスの子。風の鳥よ、かの者を喰らい、切り裂け――』」

「『我、風を司りしクモスの子。風の鳥よ。かの者を喰らい、切り裂き――』」

これも三階級魔法か。

確かに奴はエリートだ。

「『グルス・エヴォリオーナ』！」

ケビンの魔法が完成し、
俺の魔法も、遅れて完成した。

「『竜となりて、雷轟《らいごう》宿せ――イヴァルガン・エヴォリオーナ』」

ケビンの三階級魔法に、四階級魔法を合わせて放つ。

生み出された風の鳥と竜は互いに食らいつき、竜はものの数秒で鳥を喰い、天へと昇る――

そしてなぜか真上に発生した積乱雲へと入り、雷を体に纏って急降下する。

「な、こんなことが……」

一歩、二歩。

恐ろしさのあまり後退《あとずさ》りするケビン。

これで落としたら一〇〇パーセント俺の勝ちだが、まだやりたいことがあるんだよな。

竜がケビンを喰らうその瞬間、俺は魔法を解いた。

「えっ……」

ケビンの顔が驚愕の色に染まる。

会場の観客たちのどよめきが聞こえた。

俺の体を、緑のマントが包み込む。

瞳が緑に光るのがわかる。

「魔装、だと?」

ケビンがポツリと呟く。

魔闘士の奥義的な魔法を家族で〝できそこない〟として扱ってきた四男、自分の双子の兄が
今、目の前で使っている事実。

自分の自慢の魔法と同じものを使われ、
その上更に強力な魔法で寸止め攻撃され、
挙げ句の果てに魔装を見せつけられる。

俺は極力派手に見せるため右手に風のブレードを作り、その先端をケビンに向けた。

しばらく絶望の表情を浮かべていたケビンが、何かを察したように目を見開く。

「その技は……そうか。どうりでパトリシア様が言葉を濁していたわけだ」

彼の見つめる先は、魔装でなく風の刃。

そうか。わずかに記憶があったのか。

ケビンは自嘲気味に笑った。

「僕は愚かだな。全部理解したよ」

その頬に涙が伝う。

俺はそのまま、右手を横に薙ぎ払った。

Side パトリシア

病室には誰もいない。

遠くで歓声が聞こえてくる。

『今更正義ヅラすんじゃねえ。あいつら、日常的にクラフトの奴をボコってたんだぞ』

上級生たちを昏倒させる直前、苦し紛れに言った虚言かと思った――でも、二人の反応を見て確信できた。全て事実だと。

私は愚かだ……今更彼の温かさに気がついても、彼の人生を私がめちゃくちゃにしてしまっていたのだから。

ここ数日の学校生活は幸せだったな。

ずっとかかっていたモヤが晴れたようだった。

また一緒に話したい、修業したい、酒場に行きたい――でも私にはその権利がないことを、知ってしまった。

クラフトとはきっと決勝で戦える。

長年の夢が叶うような、不思議な気分。

しかし、今の私では彼と向き合えない。

……いっそこのまま棄権しようか。

涙が頬を伝って落ちる。

「おーおー。試合前に泣く奴があるか」

「え？」

自然と溢れていた涙を拭い周りを見渡すと、扉に寄りかかるような形でマルコムが立っていた。

止めどなく流れる涙。

止め方もわからないほどに、涙なんて久しく流してなかった。

「わたし、わたし、クラフトが受けてきた仕打ち、全く知らなかった」

「だろうな。あいつも言ってやればいいのに――何で一人で抱え込むんだ。どいつもこいつも」

マルコムはため息交じりにそう呟いた。

「あいつは元々、お前にこれを伝えるつもりなかったんだよ」

「……」

「でもこれでハッキリしたんじゃないか？　付き合うべき人間と、そうでない人間の区別が」

その通りだ。これが人間関係を蔑ろにしすぎた結果なんだと、今更気づくことができた。

失った時間は戻ってはこない。

何も答えられない私に業を煮やしたのか、マルコムは諭すように続けた。

「お前がやらなきゃならないのは、今までの後悔より、ここからの挽回《ばんかい》だろ」

「……うん」

「ならしゃんとしろ。決勝の場であいつと会ってこい。誰よりあいつは、本気のお前と戦えるのを楽しみにしてたしな」

廊下に向かって顎をクイッとしゃくってみせるマルコム。

彼がここにいるのはきっと、私がカイエンたちに激昂し自分を責めるまで、全てを見透かしていたんだろう。

皆《みな》まで言わないのは彼の優しさ。

人の感情に疎い私でもはっきりとわかる。

『魔闘祭一学年の部、決勝戦が始まります──』

会場内全ての人に聞こえる念話。

クラフトが私を待っている。

「行ってきます。行って、謝ってきます」

「そうこなくっちゃな。ガンバレよ」

と言って、親指を立てるマルコム。

「うん！」

私は笑顔でそれに応えた。

迷いはもう、払拭してもらった。

満足したようにマルコムが廊下に進む。

「あ、それとなぁ、パトリシア」

後ろ向きのままマルコムは立ち止まり──

「あの時は寄り道してる暇なんてないって言ったけど……あれは自分に向けた言葉だったのかもしれないいな」

「？」

「こっちの話だよ。俺はお前がクラフトに寄り道してくれるのを、ひそかに期待してる」

よくわからないことを言い残し、立ち去った。

第九章 決勝戦

その目に宿るのは闘志か、それとも同情か。

魔闘祭一学年の部、決勝戦。

割れんばかりの歓声の中、俺とパトリシアが対峙した。

決勝の相手は予想通りといえば予想通り。

ただ予想外だったのは、彼女が試合直前に、カイエンたちからのクラフトへの仕打ちを知ってしまったこと。

今までそれに気づかなかった彼女は負い目を感じているのか、一向に構えを取らない。

「どうした、英雄候補。戦うことになったら全力出すって言ってたよな?」

俺の声に、パティは答えない。

ただ悔しそうに唇を噛むばかりだ。

「……た、」

「ん?」

絞り出すように、パティが口を開く。

俺との試合を楽しみにしていたのは彼女の目を見れば明らかだが、その目も今は、いっぱいに涙を蓄えていた。

「私、気づかなかった」

極度に鈍感な彼女が、ナナハやカイエンの悪行を見抜くなど、そもそも期待してはいなかった。

これは俺の、クラフトの問題だから。

「俺はパティの表向きの部分はよく知ってるけど、深い部分はよく知らなかった」

長い時間、腰巾着として過ごしてきた。

パティのことは誰よりも知ってるつもりだったが、違った。彼女の内に秘めたありのままの姿を知ったのは、つい最近になってからだ。

「最近までパティは単に人間関係に鈍いだけだと思ってたけど、そうじゃないって気づいたよ」

パティは鈍感だと思っていた。

でも違う。そうじゃない。

人一倍感覚が鋭い彼女。

俺やマルコムと、腰巾着たちへの態度の差。

「君は他人に興味がないんだよ。いや……なかったと言えばいいのかな」

「！」

パティは他人に興味がない。

興味がないといえば極論だが、彼女は他人に利用されすぎて、他人を心から信用していない。

人に対して心を閉ざしているんだ。

「でも俺やマルコムと喋っていて何か感じるものがあったろ？」

俺の問いかけに、パティは小さく頷く。

「それは俺たちが、英雄候補に対してではなくて、ただのパトリシア・サンダースとして、君に話しているからなんだよ」

「私。私に？」

「うん。だから俺たちはパティの言うことを全部肯定しないし、意見もするし、へりくだらない。俺はそういう関係のことを、友達だと思うんだよね」

権力目当ての腰巾着たちとは違う。

期待や希望を押し付ける大人とも違う。

対等に高め合える存在だ。

自分たちの欲望を満たすためだけに近づいてくる奴らは捨て置け。自分を対等と見てくれる人だけを信じ、共に手を取り合えばいい。

「俺は彼らと決別した。君はどうだ」

もう二度と話すこともないだろう。

俯いていたパティが語り出す。

「私は、学校生活は寂しくなかった。入学してすぐに、友達ができたから……」

パティの口から言葉が止めどなく溢れる。

Side パトリシア

あなたは英雄になる子だから。

何人もの大人に、何回も言われた言葉。

好きなものや好きなこと、全て取り上げられ勉強と鍛錬の日々。

頑張るのは苦じゃない。我慢できる。

我慢は苦じゃない。感情を殺せば楽になる。

感情を殺すのは苦じゃない。寄り道せずに済む。

寄り道は許されない。使命があるから。

〝英雄候補〟

かつての三英雄は魔族を退け平和をもたらした。

昨日、魔族をこの目で見て確信した――私の役目もまた、魔族を退け人々に平和をもたらすことだと。

大きな期待を背負い、重圧に苦しんだ過去もあった。でも学校に入学してからは、少し楽になった。

友達ができたから。

友達がたくさん増え、毎日一緒に登下校した。

楽しかった。

充実していた。

でもその友達は突然輪から去っていく。

私は気づいていた。

彼らは私ではなくて〝英雄候補のパトリシア〟と仲良くなりたがっているのだと。

その日から、学校生活が灰色になった。

それでも人と繋がりたい。

それが純粋な好意ではないとわかっていても、受け取った物を身につけたりもした。

人との繋がりが絶たれるのが怖かったから――でも心の底で、私は他人に興味がなかったのだと今なら思う。

クラフトが酷いことをされていたのに気づかなかったのは、私が他人に干渉するつもりがなかったから。

彼らの異変に気づかなかったんだ。

私が原因なのに。

それでもクラフトは私と向き合ってくれた。

一緒にいてくれた。

素の自分を引っ張り出してくれた。

私は戦闘が好きじゃなかった。

誰も全力で戦ってくれないから。

最初から勝つつもりもないんだ、皆。

全員が私に気を使う。

それがたまらなく嫌だった。

戦闘するたびに、私の視界が灰色になるような感覚に包まれる。

でも二人との修業は全く違った。

二人との戦闘には鮮明な色があった。

私を英雄候補としてではなく、ただのパティとして認めてくれていた。

それが魔法を、剣を伝って私に流れてきた。

生きている心地がした。


――ｓｉｄｅ　ｏｕｔ――


「私はそこで初めて――生まれてきて良かったと、心から思えたんだ」

パティの魔力が解放される。

魔力が白のマントを形作る。

彼女の青の瞳に、光が灯る。

「今日の私はただのパトリシア。全てのしがらみを捨てて、ただ貴方と真剣勝負《しあい》がしたい」

吹っ切れたパティの瞳は、色んな感情が削ぎ落とされ、闘志しか残っていなかった。

恐らくこれが彼女の人生初めての本気。

身に纏う魔力に耐えきれず、ビシビシと音を立てながら会場の結界がヒビを作る。

半端じゃねえ。とんでもない魔力だ。

対面しているのもやっとなほどの魔力。

しかし不思議と心が躍る。

「ぶつかってこい、パトリシア」

俺の魔力全てでもって相手をしよう。

きっとこの試合は人生最高の瞬間になる。

押し返すように開放した魔力を身に纏い、パティと同じように魔装を発現させた。

結界のヒビは次第に大きくなってゆく。

俺の雑念も削ぎ落とされ、今はただ、パトリシアのことしか考えられない。

同時に展開した魔法は、瞬きをする間もなく激突し、大きな爆発を巻き起こす。

煙の中、青い二つ《彼女の瞳》の光が線となる。

何も考えず、同じ方向に駆ける。

無限とも思える光の礫《つぶて》。

その全てを風の刃で撃ち落とす。
もはや詠唱や読み合いなど通じない。本能と本能のぶつかり合い。
「ッ！」
爆風を割るように人型が飛んでくる。
光の剣が虚空を切り裂いた。
もはや剣筋を見てからでは避けられない。
わずかな視線の移動と呼吸、癖。
それらから予測し最小限の動きで避ける。
「『風の爪《クロー・オブ・ウィンド》』」
右手に鉤爪を作り、開いた懐にねじ込む。
コンマ数秒の差で割り込んだ盾に阻まれた。
風に乗り、空へ。
地面から生えた無数の刃が即座に消える。
「『風の弾丸《バレット・オブ・ウィンド》』」
上空で風の球を作ってゆく。
破壊を体現したかのような、荒れ狂う風。
同時に、空気の圧でパティを押し潰し、球体を真下に撃ち込んだ。
地面を抉り、土を抉り、岩を削り。

完成した巨大なクレーターの中に、パティの姿はない。

頭上で空気を圧縮し膨張させる。

破裂音と共に地面に吹き飛ばされながら、自分の元いた場所に三日月状の斬撃が通過するのを見た。

目の前にパティが降りてくる。

「これが本気のクラフトか」

一切の手加減もない魔法の応酬。

実力が拮抗しているためか、互いの攻撃が届かない。

息をするのも忘れていた。

気を抜いたら一瞬で終わっていただろう。

「おいで、」

パティの魔力が更に膨らんだ。

瞳に、背中に、白の紋様が浮かび上がる。

ポタリ——と、雫のように落ちる花の蕾《つぼみ》が両手に握られたと同時に、右手は十字架のように、左手は丸型に、花が開くように形を成してゆく。

「『アルストロメリア』」

それらは白の剣と盾になった。

美しい彫刻が施された細身の剣と、鮮やかに紋様を浮かび上がらせた盾。

以前見た時とは大きく印象が変わる。

あの時はただ見せてもらっただけ。

今はそれが、俺に向けられている。

今までのどの魔法より力強いものを感じる。

魔紋。

俺は彼女の魔紋の特性を知らない。

「紛れもなく、今が私の人生で最高の時間」

微笑むパトリシア。

白の剣をゆっくりと振りかぶる。

上下左右、どこだ、どこに避ける?

パトリシアとの距離はかなり離れているが、しかしなぜだ――〝斬られる〟イメージが頭から離れない。

横一線に薙ぎ払われる剣。

俺は咄嗟に地面を抉り、穴の中へと飛び込んだ。

ズ……ザンッ!!!!

鳴り響いた斬撃の音。

抉れた地面から顔を出すと、横一線、会場の壁が綺麗に斬られていた。

魔紋武器にはそれぞれ固有の力がある。

パトリシアの場合〝刃が通過した空間の延長全てを切断する剣〟といった感じか。

応用が利かなそうだが、威力は見ての通りだ。

パトリシアが駆け、地面に滑らせた剣を振り上げると、一瞬だけ視界が白に包まれ——遅れてくる斬撃音。割れる地面。

威力と範囲がやばい。そして、剣が描いた道をノンタイムで両断するのもやばい。

森を一刀両断したのはコレか……？

離れて戦うのは愚策だな。

空気の爆発による加速で一気に距離を詰める。

右手に風の剣《ブレイド・オブ・ウィンド》を作り、彼女の右腕ごと剣を切り落とすつもりで振り切る——が、悠々と盾に阻まれた。

盾の特性がまだわからない以上はあまり近くに張り付いてるのも厳しいが……現状だと、あの範囲無限の斬撃から逃れるのは至難の業だ。

白の剣が迫るが、これは右手で受ける。

拡張された斬撃を受けるのは多分無理だが、斬撃発生前なら受け止められるのか。

「反則だろ」

「どうかな」

互いに一言交わす。

白の剣を受けながら、左手には風の渦を作りドリル状の武器を形成——そのまま左手を胴体目がけて打ち出すも、再び盾によって防がれる。

自動防御能力か？　やけに反応がいい。

何度か打ち込んでみるも全てが防がれる。

修業の時とタイミングを変えても効果なし。

パトリシアが再び白の剣を振り上げる。

両手に『風の剣《ブレイド・オブ・ウィンド》』を使って——違う。受けたらやられる。

空気の爆発で無理やり方向転換するも、宙を舞った右腕を見て、初めて斬られたのだと理解する。

切り落とされたのは右腕だけ。

体は繋がっているが、傷が深い。

投げ出されるようにして地面を転がる。

結界の中なら、終われば傷は治る。

試合終了にならなかっただけでも幸運か。

「盾で力を蓄積させて剣に伝えてるのか」

「うん。相手が強ければ強いほど、剣も強くなるよ」

反則だろ、そんなの。

以降の攻撃は全て盾に防がれ、長引けばどんどん剣の威力が増してゆく。

万事休す、か？

「そろそろ出番だろ？　なあ」

胸の奥にある熱い何かに手を当てる。

ない物ねだりだってわかってる。

けれど、俺はこの楽しい時間を終わらせたくなかった。

「いいんじゃないか、出てきても」

目の前を通過する斬撃。

足が重い、捕まるのも時間の問題か。

『名を呼べばいいのである』

頭の中に響く声。

辺りの風景が途端にスローとなる。

「わからない。俺はクラフトじゃない」

顔がモヤに包まれた王様のような影。

斬撃を避け続ける俺の視界が遠くなってゆき、俺は再び、あの不思議な空間にいた。

『我輩の剣を授けたろう』

巨大な人影が語りかける。

以前持っていた王様の剣がなくなっている。

「使い方がわからないんだ」

『名を呼べばいいのである』

同じ答えが返ってくる。
「名前なんて知らない」
『ならば聞くがいいのである。お主の中にあるその剣に』
胸の奥がさらに熱くなる。
不思議と嫌悪感はない。心地のいい熱。
胸をなぞり、奥にあるソレに手を添えた。
胸が焼けるように熱い。
頭の中にその剣の名前が浮かび上がる。
名を呼べと訴えてくる。
視界が晴れ、斬撃が迫る。

「来い――」

胸を叩き、名を叫ぶ。

「『ログトルス』」

斬撃は弾かれ、突風が吹き荒れる。

地面に刺さる剣を中心とした暴風。

何者も通さない風の防護壁の中、俺はその柄を握った。

自分の瞳に魔紋が刻まれたのがわかる。

「それが、クラフトの魔紋……？」

警戒するようにパトリシアが問う。

身の丈ほどある巨大な剣。

不思議と重さを感じない。

「パトリシア。そろそろ幕引きだ」

俺にはこの剣の力がわかる。

大剣を下段で構えながら、ゆっくり距離を詰めてゆく。

剣を振るうのが見えた。白光が煌《きら》めく。

地面を抉るように走る斬撃は、俺の前で弾かれるように方向を変え、結界へと突き刺さった。

「自動防御、――!?」

彼女の呟きは風の音でかき消えた。

彼女の自動防御とは全く違う。これはダイナウトの応用だ。

ログトルスから無限に発生する暴風は、自然界に存在する風を利用する俺の魔法スタイルととても相性がいい。

完全なる無風だと無力な俺の魔法。

それが今は無限に風が供給される。

まるで台風の中心にいるかのよう。

魔力によって暴風を操ることで、俺に害をなすもの全てを弾き、切り裂き、吹き飛ばす――

無敵に近い力を得る。

風を一点に集め、剣の先へ乗せる。

全ての感情を無に、ログトルスを振るった。

放たれた斬撃は濃い緑色の風となり、それは直線上にある全てのものを飲み込み巨大化しながらパトリシアへと向かってゆく。

彼女は避けなかった。

その白の盾で、受け止めた。

巨大なもの同士がぶつかったような衝撃波が走り、砂埃が波紋のように広がる。

「これ、さえ、受け、切れば……！」

苦悶の表情を浮かべるパトリシア――彼女の盾はその容量を遥かに超える斬撃を受け止めきれず、遥か彼方へ弾け飛んでゆく。

彼女を巻き込んだ斬撃は威力を落とさぬまま結界へと伸び、大穴を開けた。

数秒の静寂――そして砂塵《さじん》に包まれる場外の地面に、消えかかった魔装を纏ったパトリシアが片膝をついた。

「参り、ま……」

魔装が解けたと同時に、崩れ落ちるパトリシア。

俺は彼女を抱き止め、観客席を見た。

一呼吸置いて、わっと盛り上がる人々。

割れんばかりの拍手と歓声。

惜しみない賞賛の言葉。

間違いなく、互いが全力をぶつけた試合。

曇天の空から差す一筋の光が俺たちを照らす。

気絶するパトリシアの表情もどこか晴れやかに見えた。

「見てるか、クラフト」

拍手に包まれる会場の中で一人呟く。

かつて落ちこぼれと蔑まれた少年が、今や一番の舞台で英雄候補を倒し、皆に認められる光景。

届いてるか、お前にも。

左目から、涙が溢れていた。

終章　運命が交差した日

Side ？？？

歓声の上がる闘技場の方へと目線を移しながら、対面に座る彼女が言った。

「すごいですネ、今年の一年生。決勝の二人共が魔紋まで発現してるなんテ」

妙な訛《なまり》のある彼女は体を屈め、机に散らかした資料を整える。

「まるデ――」

「二年前みたい？」

思い出すように呟く彼女の言葉を遮る形で、床に落ちていた最後の資料を手渡した。

受け取る彼女の二つの巨山が動く。

二年前、か。

副会長の胸こそ、二年でこうも実るとは予知できなかった。

「ぶち殺しますヨ？」

「……」

そして洞察力の成長も目覚ましい。

彼女は懐かしむように窓を見る。

「歴代最強生徒と謳《うた》われる三人モ、デビュー戦は二年前の魔闘祭でしたからネ」

「ヴィクターもベルビアも、今は満たされない何かを求めて彷徨《さまよ》う魔物みたいになっちゃったからね」

「二人共、四校戦にはもう出ないって言ってましたからネ。史上初の三年連続優勝は叶わないのかなァ」

寂しそうに呟く副会長。

勝ちが決まっている試合なんて、あの二人にとっては苦行でしかないからな……でも――

「出るよ、あの二人は」

「えっ？」

「少なくともヴィクターの奴は出る。必ず」

今年花開いた三つの才能は、俺たちにとって……そしてあの二人にとっても、人生に大きな影響を及ぼす出会いになる。

それに他校にも大きな才能が開花した。

脅威には変わりないが、それよりも期待の方が上をいく。

才能は波紋のようにぶつかり、広がり、影響し合って大きくなっていくものだから。

「今年の四校戦は、出場者全員にとって重要な行事になるっぽい」

「……そう視《み》えたんですカ？」

「いんや、これはただの勘」

副会長に背を向ける形で椅子を回すと同時に、後ろでかすかに鈴の音が響いた。

チリリリン。

その音は扉の隙間からスルリと抜け、机へ窓へと移動し、肩へと乗る。

「おかえり。名誉の負傷だね」

火傷で爛《ただ》れた頭をすり寄せる黒猫《彼女》は、喉を鳴らしながら嬉しそうに鳴き、そして解《ほど》けるように消えてゆく。

「そろそろ三学年の本戦の時間ですヨ」

「うん。楽しみだ」

ヴィクターと当たるあの才能が特に――

「では私は観衆側なのでこれデ」

「うん。応援よろしく」

「毎年応援なんて要らないじゃないですカ」

呆れたように部屋を後にする副会長に続いて扉をくぐり、表札へと振り返る。

年季の入った〝北生統〟の名前。

この組織にとっても、今年は運命の年になる。

「踏み間違えるなよ」

あの日より先はまだ視えない。

与え、奪い、悩ませ、道を作る。

今まで別々に動いていた九つの歯車が交わる今年。それらが鈍い音を立てて動き出したのを感じながら、僕は未だ歓声がやまない闘技場へと向かった。

風使いの成り上がり／完

あとがき

ずっと書きたかった、舞台が魔法学園の小説。読むのが大好きなジャンルなのに書くのは初めてで、今回もっとも苦労したのは〝独自性〟を出すことでした。

この作品の独自性は、〝主人公が意識だけをクラフト・グリーンに憑依させ転移〟という部分と、〝風魔法の使い手〟という部分です。

意識だけが転移したことにより、様々な伏線を持たせることができました。たとえば〝元々の体はどうなってるのか〟とか、〝クラフトの意識はどこにあるの〟とか、〝なぜ誠太郎がクラフトの体に転移したの〟とか。その設定は〝そういうもの〟で終わらせるつもりはなくて、今後、物語の流れに合わせてしっかり説明していくつもりです。もっとも重要と言っていい設定ですからね。

風魔法の使い手という設定は、地味で活躍の薄い風属性にスポットライトを当ててあげたいという作者の願望です。

一冊書き終えて思いました。

水属性の方が活躍させやすかったなーと。

さて、今後についてですが、登場が決まっている四人の先輩達と、本格的に動き出す敵にスポットライトを当てられたらなと思います。

それでは皆さん、また会いましょう。

ながワサビ64

MAG Garden NOVELS

風使いの成り上がり

発行日　2020年2月25日 初版発行

著者 ながワサビ64　イラスト 吠L

発行人　保坂嘉弘
発行所　株式会社マッグガーデン
〒102-8019 東京都千代田区五番町6-2
ホーマットホライゾンビル5F
編集 TEL：03-3515-3872　FAX：03-3262-5557
営業 TEL：03-3515-3871　FAX：03-3262-3436
印刷所　株式会社廣済堂
装　幀　木村慎二郎（BRiDGE）＋佐々木利光（F.E.U.）

ISBN978-4-8000-0915-9 C0093

ファンレター・感想等は弊社編集部書籍課「ながワサビ64先生」係、「吠L先生」係までお送りください。

本作品はフィクションです。実在の人物・団体・事件等には一切関係ありません。

風使いの成り上がり

ながワサビ64
イラスト　吠L